O longo tempo de Eduardo da Cunha Júnior

O longo tempo de Eduardo da Cunha Júnior

Faria e Silva é uma Editora do Grupo Editorial Alta Books.

ISBN: 978-65602521-72
Produção Editorial: Grupo Editorial Alta Books
Impresso no Brasil – 2a Edição, 2026 – Edição revisada conforme o Acordo Ortográfico da Língua Portuguesa de 2009.

Segunda edição revista

L45
LEIRADELLA, Cunha de.
O longo tempo de Eduardo da Cunha Júnior / Cunha de Leiradella. – Faria e Silva Editora, 2a edição - São Paulo - 2026.
176 p. ; 14x21 cm.

ISBN: 978-65602521-72

1. Romance brasileiro. 2. Crise existencial - Ficção. 3. Vida urbana - Brasil - Ficção. 4. Identidade (Psicologia) - Ficção. 5. Literatura brasileira - Século XX. I. Título.

CDD: 869.3

Produção editorial:Grupo Editorial Alta Books
Diretor editorial: Anderson Vieira
Editor da obra: Rodrigo de Faria e Silva
Vendas governamentais: Cristiane Mutus
Produtor editorial e capa: FS - Estúdio

ALTA BOOKS
GRUPO EDITORIAL
www.altabooks.com.br

Rua Viúva Cláudio, 291 – Bairro Industrial do Jacaré
CEP: 20.970-031 – Rio de Janeiro (RJ)
Tels.: (21) 3278-8069 / 3278-8419
www.altabooks.com.br – altabooks@altabooks.com.br
Ouvidoria: ouvidoria@altabooks.com.br

Editora afiliada à:
ASSOCIADO

O longo tempo de Eduardo da Cunha Júnior

CUNHA DE LEIRADELLA

FARIA E SILVA
EDITORA

para
Maria Adelaide,
a Bruxinha da Barra

para

João Felício dos Santos,
Dux Veteranorum

Jorge Fernando dos Santos,
Veterano

e

Antônio Torres,
Meu Irmão

1

Meu nome não é Cunha de Leiradella.

Cunha de Leiradella já morreu, e Eduardo da Cunha Júnior é apenas meu nome de batismo. Sou brasileiro, desquitado, tenho quarenta anos de idade, vivo com uma mulher e um filho, faço análise três vezes por semana, e tomo tranquilizantes todas as noites. Acho meu trabalho uma merda, mas não mudo de emprego porque sou o maior salário da companhia, e me apavora a ideia de o perder.

Levei dez anos para comprar um apartamento na Lagoa, trocar de carro todo ano, ser sócio do Serramar Country Clube, passar o carnaval na Bahia e as férias em Bariloche, e não posso sequer sonhar em perder meu emprego. Se o perder sei que jamais conseguirei outro igual.

Por isso, digo sempre amém ao meu patrão, e acho maravilhosas as ideias que ele tem, embora todas sejam uma merda, e eu seja um bom filho da puta por não ter coragem de lho dizer.

Comecei a trabalhar na Adônis Lançamentos Ltda há quinze anos, me inscrevi na Ordem dos Advogados do Brasil -

Seccional do Rio de Janeiro, e há cinco fui nomeado gerente de *marketing*. Alguns amigos do meu patrão já tinham gerentes de *marketing*, e ele achou que não podia ficar atrás. Como era só para constar, fiz um seminário de quatro dias no Management Center, e pendurei o diploma na minha sala, bem atrás da secretária. Aí, me filiei à Associação Brasileira de Marketing, e meu patrão ficou satisfeitíssimo.

Agora, nos almoços do Clube de Diretores Lojistas, ele diz a todos os amigos que nossa empresa planeja devidamente os lançamentos que faz. Isto, mesmo todo mundo sabendo que a Adônis Lançamentos Ltda só vende calças, camisas e jaquetas de *jeans* a quem não tem outro lugar onde comprar. E sempre que um fornecedor nos visita, meu patrão faz questão de lhe mostrar meus diplomas, sorrindo modestamente aos elogios que lhe fazem. Afinal, não são todos os empresários brasileiros que se podem gabar de ter um gerente de *marketing* inscrito na OAB, e sócio da ABM.

Todas as vezes que as vendas ultrapassam as previsões que ele faz, meu patrão reúne os amigos em Angra dos Reis, passeia de lancha pela baía, e diz a todos o que faria se fosse ministro da Fazenda. Eu vou com ele, e faço meu dever, testemunhando com a maior convicção tudo que ele afirma. Ele sorri, diz que eu sou o melhor gerente de *marketing* que já teve, os amigos acham fantástico aquele comportamento liberal, pedem mais uísque, e alguns, mais entusiasmados ou mais bêbados, me vêm dar os parabéns.

Quando voltamos ao Rio, até eu mesmo penso que sou, realmente, um bom gerente de *marketing*. Só que no dia seguinte, fechado na minha sala, e pensando nos meus quarenta anos, volto a ser a merda que sou e a concordar com tudo que ele diz.

Eu sei que ele só está satisfeito comigo enquanto estiver satisfeito com ele. Apesar de lhe ser útil buscando gelo, servindo uísque ou testemunhando as mentiras que ele conta aos amigos, eu sei que o próximo lançamento que sair errado, a culpa, como sempre, será minha. E um gerente de *marketing* com quarenta anos de idade nunca pode errar, mesmo que não planeje merda nenhuma, nem escolha sequer a cor do papel higiênico da privada da gerência.

Por isso, faço análise há três anos. Mas ele não sabe. Quando lhe contaram que eu saía mais cedo três vezes por semana para ir ao analista, ele me disse que, ou eu estava doente e não servia para trabalhar com ele, ou trabalhava com ele e se me sentisse cansado, fizesse como ele. Meia hora de ginástica todas as manhãs. No dia seguinte me matriculei na Associação Cristã de Moços, e mudei o horário do analista.

Agora, quando ele mostra meus diplomas aos fornecedores, diz que além de fazer de mim o homem que eu sou, ainda me tirou todas as manias. Como sempre, concordo com ele. Acho a ginástica da ACM a melhor coisa que me poderia ter acontecido, e digo a todos que ele é o guia do nosso grupo. O nosso líder. Ele sorri, bate paternalmente nas minhas costas, e diz que se eu continuar a correr o mesmo que ele corre, um dia ainda serei como ele. Um sujeito sem problemas, e com excelente forma física.

Eu sorrio, e concordo com ele, mas me sinto cada vez pior. De tanto mentir e saber que mesmo mentindo, cada dia que passa mais aumenta o medo de perder meu emprego. Meu salário é o mais alto da companhia, e eu sei que tem ótimos puxa-sacos por aí que nunca fizeram análise, ganham metade do que eu ganho, são excelentes atletas, e estudaram administração na Fundação Getúlio Vargas. E o que é ainda pior, a maior parte deles tem menos quinze anos do que eu.

Meu analista diz que não devo me preocupar. Com a maior tranquilidade, afirma que tudo desaparecerá quando se descobrir a causa, lá na minha infância, que me faz pensar assim. Apesar de eu saber que meu analista também mora na Lagoa, e também troca de carro todo ano, continuo fazendo análise.

Só não mando tudo à puta que pariu, o meu patrão, o analista e o trabalho, porque moro na Lagoa, troco de carro todo ano, minha mulher foi convidada para a diretoria do Serramar Country Clube, devo dinheiro a quatro bancos, tenho três cartões de crédito, cheques especiais, e todos os meus amigos dizem que sou um executivo bem-sucedido.

Só que eu sei que eles dizem isso porque ganho mais do que eles, e nas reuniões que faço na minha casa só se bebe uísque escocês. De resto, eles querem é que eu me foda, e rezam é para que meu patrão se emputeça comigo, me mande embora, e chame algum deles para ocupar o meu lugar. Por isso, já contei ao analista a minha vida mais de cem vezes para ele descobrir, lá na minha infância, a causa de tudo isto.

Eu não tenho medo da minha infância. Eu tenho é medo de perder o meu emprego. Mas meu analista continua afirmando que a causa de tudo está na minha infância, e que o meu medo é só um mero pormenor no meu espectro psicológico. Como a minha função é contar a minha vida, e não discordar dele, três vezes por semana vou deitar no divã do consultório.

Teve uma vez que as vendas não atingiram as previsões, o meu patrão não pôde convidar os amigos para passear de lancha, e dizer-lhes o que faria se fosse ministro da Fazenda, e eu disse ao analista que seria até capaz de matar alguém se isso garantisse minha estabilidade no emprego. Ele sorriu, e disse que agora, sim, tínhamos dado o primeiro grande passo. O que eu tinha, felizmente, não passava de um simples caso de retenção agressiva.

Não discuti, mas tenho certeza que ele está errado. Eu não sou, nem nunca fui um sujeito agressivo. Sou, sim, um sujeito medroso. Apavorado com o dia em que o meu patrão me troque por um puxa-saco mais eficiente, embora na Adônis Lançamentos Ltda todos me chamem de doutor, e na porta da minha sala tenha uma plaqueta de acrílico onde se lê: GERÊNCIA DE MARKETING - Dr. Eduardo da Cunha Júnior.

Entretanto, se alguém, algum dia, se lembrar de tirar uma radiografia do saco do meu patrão, vão aparecer todos os meus dedos fazendo cosquinhas nos culhões dele. Isto, apesar o de meu analista dizer que eu sou um sujeito agressivo. Desde menino.

2

Quando era menino, eu gostava de ficar só. Sempre gostei de ficar só. Não sei a causa, mas sempre gostei mais de fazer perguntas a mim, do que perguntar aos outros. Morava em Botafogo com minha mãe e dois irmãos. A casa era grande, antiga, com muitos quartos e salas, uma varanda a toda a volta, e um quintal cheio de árvores. Todos os dias, no fim das aulas, os colegas dos meus irmãos iam para lá brincar.

Eu não gostava deles. Eram todos mais velhos, e eu é que tinha que fazer tudo. Buscar água, apanhar a bola quando caía no quintal do vizinho, fazer de índio, ou de mocinha raptada, tudo. Um dia, tanto minha mãe me perguntou por quê que nunca levava ninguém lá em casa, levei alguns colegas da minha turma. Só que em vez de ficar com eles no quintal, subi para o meu quarto, e me tranquei lá dentro. Quando meus irmãos chegaram com os amigos, meus colegas é que tiveram de fazer o que eu fazia. Buscar água, apanhar a bola quando caía no quintal do vizinho, fazer de índios, ou de mocinhas raptadas. Também não gostaram, e nunca mais voltaram.

Nem vi quando foram embora. Estava trancado no quarto, deitado na cama, pensando no meu pai. Nunca conheci meu pai, mas gostava de pensar nele. Quando fui no cinema pela primeira vez, imaginei que meu pai devia ser como aquele sujeito grandão que matava todo mundo com um revólver que dava mais de mil tiros. No jantar, contei a minha mãe e a meus irmãos. Mas todos riram, e o mais velho disse que eu era bobo. O sujeito grandão era o bandido, o mocinho era o outro. O que apanhava de todo mundo até ficar com a mocinha.

Não gostei que minha mãe risse, mas não disse nada. Subi para o meu quarto, tranquei a porta, e deitei na cama olhando as tábuas do teto. Só olhando as tábuas do teto. Toda vez fazia isso. Deitava na cama, e olhava as tábuas do teto. E quando meus olhos ficavam cansados de olhar, o teto começava balançando, balançando, e pouco a pouco ia baixando, baixando, até que eu tinha certeza que lhe podia tocar com um dedo se levantasse um braço. Nunca levantava, claro. Mas só a certeza que podia fazer isso já me deixava feliz. E às vezes o teto baixava tanto, que eu falava com ele como se ele fosse gente.

Mas me chamavam de menino bobo. Lá em casa todo mundo me chamava de menino bobo. Só sabiam era me chamar de menino bobo. Sempre que eu dizia que o teto do meu quarto falava comigo, e eu falava com ele como se ele fosse gente, todos riam e me chamavam de menino bobo. Só que era verdade, e eu tinha que dizer a verdade. Mas tanto me chamaram de menino bobo que, quando tinha dez anos, eu tinha até medo de adormecer à noite só de pensar que podia acordar no inferno. Porque o inferno, todos eles me diziam, era o lugar para onde iam os meninos bobos que tinham tetos amigos, e conversavam com eles como se eles fossem gente.

Eu não gostava que me chamassem menino bobo. Mas também nunca deixei de conversar com o teto do meu quarto. E quanto mais eles me chamavam de menino bobo, mais eu me trancava no quarto, e mais conversava com o teto. Até que um dia perguntei a minha mãe se estava certo ela e todo mundo me chamarem de menino bobo só porque eu dizia que o teto do meu quarto era meu amigo, e eu conversava com ele. Ela disse que estava. Que os tetos não falavam, nem eram amigos de ninguém.

— Mas, mamãe, se ninguém acredita em mim, por quê que eu sou obrigado a acreditar nos outros, hem?

— Porque é preciso, meu filho.

Nunca mais perguntei nada. Nem a ela, nem a ninguém. E naquela noite, durante muito tempo, fiquei perguntando ao teto do meu quarto o que faria meu pai se estivesse ali comigo. Será que ele também iria achar que eu era um menino bobo, ou será que ele ia fazer como aquele sujeito grandão do filme, matando todo mundo que me chamasse de menino bobo?

Nunca soube, porque nunca o conheci. Mas durante muito tempo pensei nisso. E mesmo sem saber o que faria meu pai, continuei jurando que o teto do meu quarto era meu amigo, e eu conversava com ele como se ele fosse gente.

3

Nasci no dia 6 de agosto de 1938, dizia minha mãe que na manhã de um sábado de lua crescente. Não sei. Sei que sete anos depois, numa segunda-feira, Hiroshima morreu. Às oito horas, quinze minutos e dezessete segundos, o bombardeiro Enola Gay soltou a bomba Little Boy, e quarenta e três segundos depois Hiroshima morreu.

Trinta anos depois, também num sábado, nasceu meu filho. Nasceu por acaso. Só porque a mãe dele esqueceu de tomar pílula. Já fez dez anos, e até hoje ainda não me perguntou por que nasceu. Mas eu sei que um dia vai perguntar, como eu teria perguntado a meu pai se o tivesse conhecido, e eu terei de lhe mentir. Meu filho tem orgulho de mim, e eu não lhe posso dizer que ele nasceu por acaso. Só porque a mãe esqueceu de tomar uma pílula antes de trepar.

Por isso, ele ainda acredita em Papai Noel, gosta de ver Branca de Neve no cinema, e o Sítio do Picapau Amarelo na televisão. Mas eu sei que daqui a mais dez anos, quer eu lhe conte a verdade, ou lhe minta, ele vai ser tão angustiado, ou ainda mais do que eu, e o importante não será mais a verdade que eu lhe possa contar. O importante seria ele não ter nascido. Mas nasceu, e eu me sinto culpado disso. A única certeza que tenho é que nunca lhe chamarei menino bobo se um dia ele me disser que é amigo do teto do quarto dele, e fala com ele como se ele fosse gente.

Minha mulher há muito não acredita mais em mim. Mas às vezes ainda conversamos. Só que as nossas conversas são inúteis. Ambos sabemos a verdade. De tanto mentir nestes últimos quinze anos, mesmo que agora não mentisse mais, ela não iria acreditar. Somos apenas dois corpos em pé, apoiados um no outro para não cair no chão. Mas apesar de tudo é ela que me segura. Só que ambos sabemos que ela só me segura porque se eu perder o emprego, o apartamento, o carro novo, o Serramar Country Clube, os cheques especiais, o carnaval na Bahia, as férias em Bariloche e o uísque escocês, tudo se vai.

Mas Iracema tem razão. Merda por merda, ao menos que a nossa seja cagada numa privada da melhor porcelana, ainda que para isso eu tivesse que fazer análise três vezes por dia, e dar até o cu ao meu patrão.

Este ano, como sempre, passamos as férias em Bariloche. Meu filho convidou dois amigos do colégio, e eu gostei de saber que os pais deles passam as férias em São Lourenço porque não têm dinheiro para pagar os hotéis de Bariloche.

Não ganham nem a metade do que eu ganho. Por isso, às vezes fico pensando, se não fosse a merda do meu medo, quem sabe eu poderia ser feliz? Dr. Eduardo da Cunha Júnior, brasileiro, pai de filho, feliz da vida?

4

Fiquei amigo de Meursault desde que o conheci. Peguei *O Estrangeiro* por acaso na biblioteca da Aliança Francesa, e gostei de o ler embora na primeira leitura não entendesse nenhum daqueles porquês. Mas depois de o ler várias vezes, e saber o porquê de cada porquê, a descoberta foi assombrosa. Meursault era como eu apesar de eu não ser como ele. Mas, e talvez até por causa disso, ficamos tão amigos e confidentes.

Depois vieram outros livros, e outros amigos e confidentes. E foi como se atrás do meu espelho tivesse uma infinidade de espelhos. Era um mundo sem limites. Ninguém estranhava que eu fosse como era, e o que estava certo era o que cada um gostava de ser, e de fazer. Naquele mundo cada um era cada um, e os outros que se danassem. Meursault, Antoine Roquentin, Françoise, Pierre, todos eles me entendiam.

Mas os meus colegas não acreditavam. Para eles eu continuava apenas sendo mais um dos muitos sujeitos esquisitos que o Rio de Janeiro já tinha. Um cara que sem ninguém saber porquê gostava mais de andar só do que bem acompanhado. Disse-lhes que estavam enganados. Eu gostava de andar bem acompanhado. E como prova apresentei os meus amigos. Só que eles não quiseram nem escutar. Pegaram as namoradas, e se mandaram. Deixei-os ir. Afinal, cada um era cada um, e os outros que se danassem.

Quando passei no vestibular de direito minha mãe deu uma festa. Todos os vizinhos, e até meus irmãos, vieram me abraçar e dar os parabéns. Aceitei, mas subi logo para meu quarto. Era lá que moravam meus verdadeiros amigos. Aqueles amigos que nunca se espantavam com o que eu dizia, ou fazia, mesmo que não falasse, ou não fizesse nada. Na nossa faculdade, nenhum de nós, nem Meursault, nem Roquentin, nem Françoise, nem Pierre, nem eu, nos filiávamos a diretórios, participávamos de greves ou corríamos em passeatas. No meio deles eu continuava sendo eu. Eu comigo mesmo. Eduardo da Cunha Júnior, brasileiro, solteiro, reservista de terceira categoria, e estudante de direito que lia livros em francês.

Por isso, me formei em direito como me poderia ter formado em farmácia, veterinária ou engenharia. Só porque, desde menino, todos me diziam que a vida depois de formado seria bem mais fácil. A única coisa que às vezes ainda me fazia duvidar era quando me perguntava o que diria meu pai de tudo aquilo. Será que ele seria como eu? Será que ele também se teria formado só porque todos lhe diziam que depois de formado a vida seria bem mais fácil? Até descobrir Cunha de Leiradella, muitas e muitas vezes me perguntei o que me diria meu pai se o tivesse conhecido. Mas como nunca o conheci, fiz a vontade a minha mãe. Virei advogado.

— Meu filho, você já pensou no que quer ser quando for homem? Meu filho, por quê que você é assim, hem, meu filho?

— Assim como, mamãe?

— Como você é, meu filho. Sempre calado, nunca se importando com nada, tão diferente de seus irmãos. Olha, meu filho, a coisa que eu mais peço a Deus é não morrer sem ver você formado. Olha só Dr. Nunes.

Dr. Nunes, advogado da Prefeitura, morava em frente a nós. Desde que me conhecia que eu lembrava do Dr. Nunes indo lá em casa todas as noites.

— Ainda ontem à noite falei com ele, meu filho. E sabe o quê que ele me disse? Neusa, esse menino deve ser advogado. Vê eu. Ganho bem, e tudo mais. Você não quer ser advogado, hem, meu filho?

— Tá bem, mamãe. Vou ser advogado.

Minha mãe sorriu, me beijou na testa, e saiu do quarto. Satisfeita por eu concordar em ser advogado como Dr. Nunes. Mas para mim eu era apenas eu. Um Eduardo da Cunha Júnior que nunca tivera pai. Ao menos, que tivesse conhecido.

5

No início do último ano da faculdade, minha mãe adoeceu. Vendeu a casa de Botafogo, e foi com meus irmãos para Porto Alegre, para junto dos parentes. Só eu fiquei no Rio de Janeiro, num quarto de pensão em Ipanema, na Rua Barão da Torre.

No dia da partida minha mãe me fez prometer que tão logo estivesse formado iria morar com ela. Prometi. Mas quando o ônibus partiu, e ela me disse adeus pela janela, soube o quanto valia a promessa que tinha feito. De todas as pessoas que estavam naquela plataforma de embarque eu era a única que não dizia adeus. Olhei de novo para minha mãe, e de repente soube porquê. Eu jamais iria naquele ônibus. Quem ia naquele ônibus eram eles. Apenas pessoas que eu tinha conhecido.

Logo que me vi fora da Rodoviária, o que senti foi uma imensa sensação de liberdade. Naquele ônibus não tinha ido nenhum dos meus amigos. Todos eles tinham ficado no Rio de Janeiro. E bastava eu pensar neles para eles estarem ao meu lado. Quase me senti feliz.

Devagar, comecei andando pela Avenida Rio Branco em direção à Cinelândia. Nunca tinha andado pela Avenida Rio

Branco assim, completamente senhor de mim, e sem nenhum compromisso.

Por isso, só naquele dia percebi o quanto ela era bonita, com todos aqueles edifícios, aqueles carros, aquelas esquinas, aquelas pessoas andando. Até ali, ela sempre me tinha parecido uma rua como outra qualquer, só um pouco mais larga, e mais comprida. Mas agora, apesar de não saber o porquê, era diferente. Até o obelisco, lá no fim, me parecia diferente. E tudo isso me fazia sentir livre como nunca me tinha feito antes. Ou, então, era o fato de me sentir tão livre que me fazia ver a Avenida Rio Branco tão bonita. Não sei. O que sabia era que quanto mais caminhava mais gostava de caminhar. E se ela não tivesse fim não teria importância. Naquele momento a coisa mais importante era andar. Andar, e saber que ninguém estaria à minha espera.

Quando cheguei na Cinelândia entrei num cinema. Mas nem vi o filme. De repente lembrei que tinha feito uma coisa extraordinária. Num segundo, sem pensar, tinha tomado uma decisão. Ir no cinema. Foi um fato tão incomum, que fiquei o tempo todo pensando nele, sem ver o filme. E ao sair a única vontade que tive foi rever a nossa antiga casa. Não sei porquê, mas senti vontade de olhar aquele muro e aquele portão, e lá na esquina do segundo andar a janela do meu antigo quarto.

Saltei do ônibus duas quadras antes, e fui andando pela rua, devagar. A casa ficava logo depois da esquina, e eu a queria ver de um só olhar. Passo a passo, me fui preparando para ver o muro, o portão, os ramos das árvores do quintal, e a janela do meu quarto. Não sabia porquê, nem o que era, mas tinha certeza que alguma coisa ainda me esperava. Quando cheguei na esquina, parei. Dois passos mais, e lá estaria o muro, o portão, os ramos das árvores do quintal, e a janela do meu quarto. Dei um passo. Mais outro, e tudo que me poderia esperar estaria na minha frente. Acendi um cigarro, respirei fundo, e dobrei a esquina.

Só que nada me esperava. Do outro lado da rua tinha só um muro branco, um portão verde, alguns galhos de mangueira, e uma janela fechada na esquina do segundo andar. Não era mais a minha casa. Ao menos, a casa que eu procurava. Nem atravessei a rua. De repente, depois de quase vinte anos, descobri que nunca ali tinha vivido. Nem naquela casa, nem naquela rua. Eu sempre tinha vivido no lugar onde estava. E ali eu já não estava há muito tempo. Que me lembrasse, desde que falei a primeira vez com o teto do meu quarto.

Nunca mais vi minha mãe. Morreu quatro meses depois. Não fui no enterro. Aquele corpo nada me diria. Uma semana depois meu irmão mais velho escreveu, pedindo que eu fosse a Porto Alegre. Mamãe tinha morrido sem deixar testamento. Não fui. Mandei uma procuração. Quando colei grau, e me entregaram o diploma no Teatro Municipal, tirei uma xerox e a mandei para eles com um bilhete: "Estou formado. Preciso de dinheiro só mais seis meses. Eduardo." Meu irmão mais velho respondeu, dizendo que ia mandar o anel de formatura pelo correio. Seria o presente deles. Não respondi à carta, e o anel nunca chegou. Seis meses depois suspenderam a mesada.

Nunca mais soube deles.

6

Eu nunca aprendi a crer em nada com intensidade. A vida sempre passou por mim como eu passei por ela. Sem nos cruzarmos. Talvez por isso tudo em mim esteja errado. Dos quarenta anos que tenho, passei dez dormindo, dois doente, e quinze estudando. E nos outros treze apenas esperei. Desde que Meursault, Antoine Roquentin, Françoise e Pierre sumiram sem me dizerem porquê, o mundo se danou, e eu também. Se antes era eu comigo mesmo, depois que eles se foram, fiquei só eu com meu medo. Ou de morrer, ou de perder meu emprego.

Sem mesada para receber, não precisava mais de conta no banco. Com o dinheiro no bolso, tomei um ônibus, e saltei na Praça Nossa Senhora da Paz, em Ipanema. Fui a pé para casa. Sorrindo. Imaginando como seria minha vida dali em diante, agora que era um cidadão formado, um bacharel em direito. Se sempre me tinham dito que depois de formado a vida seria bem mais fácil, por quê que a minha não haveria se ser fácil? Acendi um cigarro, e entrei na pensão sorrindo. Imaginando meu sucesso.

No dia seguinte fui cedo para o Centro. Andei dois dias passeando pelas ruas, escolhendo um edifício onde gostasse de começar a trabalhar. No terceiro dia escolhi um. Bem na Avenida Rio Branco, quase esquina da Rua do Ouvidor. Um edifício novo, com um *hall* de granito polido, seis elevadores, vinte e tantos andares, e janelas com vidros fumê. O tipo exato do edifício onde um bacharel em direito, com fluência em francês, deveria começar.

Na manhã seguinte voltei. Trazia o diploma, e estava convencido de que ele bastaria para que qualquer uma daquelas portas se abrisse. Todas elas se abriram. Só que de um bacharel em direito, mesmo com fluência em francês, ninguém estava precisando. Precisavam, sim, de vendedores de livros a domicílio, de corretores de seguros, de terrenos, de faxineiros, ou de auxiliares de escritório com boa datilografia.

De bacharéis em direito ninguém precisava, não senhor. Mas como me tinham dito no Teatro Municipal, quando colei grau e me entregaram o diploma, que dali em diante eu era um cidadão que estava assumindo um compromisso enorme com a sociedade, resolvi esperar um pouco mais. Na Avenida Rio Branco ainda havia outros edifícios com vidros fumê nas janelas, embora não tivessem tantos elevadores, nem porteiros parecendo marechais reformados.

Nas semanas seguintes continuei procurando um lugar onde precisassem de um bacharel em direito, já com ou sem fluência em francês. Mas mesmo respondendo a todos os anúncios, seis meses depois descobri que se eu tinha um enorme compromisso com a sociedade, a sociedade estava era se cagando e andando. Para mim, para meu diploma, e para tudo que me tinham dito no discurso da formatura. Em todos os edifícios da Avenida Rio Branco, ou das ruas transversais, não havia uma sala sequer que precisasse de um bacharel em direito. Precisavam, sim, de um indivíduo que quisesse ganhar salário mínimo, e soubesse bater à máquina.

Num edifício já próximo da Praça Mauá, um sujeito que usava gravata borboleta, lentes bifocais, e sentava numa cadeira de palhinha, me perguntou por quê que não me tinha inscrito na Ordem dos Advogados se me tinha formado em direito? Ou será que eu estava querendo é gozar com a cara dele?. Mandei o cara à puta que pariu, e bati a porta com tanta força que o vidro estilhaçou. Foder outro.

Estava de saco cheio. Depois de seis meses, o que interessava a todo mundo era se eu sabia bater à máquina. Se além de francês fluente, falasse ainda javanês, chinês ou sânscrito, fosse formado em advocacia, engenharia, medicina, veterinária ou matemática, tudo isso eram meros pormenores. O importante era saber bater à máquina.

Saí do edifício mandando à puta que os pariu todos os filhos da puta que inventaram o direito. Puta merda. Depois de anos e anos decorando toneladas de titica, ainda vem um filho da puta na colação de grau, estofa o peito, e diz para nós, uns merdas que nem sequer sabíamos bater à porra da máquina de escrever, que dali em diante estávamos compromissados com a sociedade. Estávamos compromissados era com a puta que o pariu. Eu queria era ver era o filho da puta com todas as comendas penduradas no peito, andar ali pela Avenida Rio Branco, canudos e mais canudos debaixo do braço, dizendo a todo mundo que sabia tudo sobre direito, e todo mundo lhe perguntando, mas sabe bater à máquina? Filho da puta.

Por causa da merda da máquina de escrever, antes tivesse entrado para a Escola Remington e aprendesse a dar duzentas batidas por minuto, levei mais dois meses até conseguir um emprego. Se o dinheiro não estivesse acabando, talvez até botasse um anúncio no Jornal do Brasil, perguntando se a sociedade não sabia que havia bacharéis em direito procurando emprego na cidade do Rio de Janeiro. Mas o dinheiro estava acabando, e tratei foi de encontrar a merda de um emprego onde não fosse preciso saber bater à máquina.

Encontrei um na Rua Buenos Aires, num sobrado velho. Cobrador. Bunda colada o dia inteiro numa cadeira de pau, cobrava por telefone prestações atrasadas de clientes de firmas que vendiam geladeiras e televisões no crediário. Não disse que era bacharel em direito, nem me registrei na Ordem. Lá não ensinavam a bater à máquina, e o que todo mundo precisava era de auxiliares de escritório com datilografia, não de advogados inscritos com ou sem fluência em francês.

Do menino que doze anos antes tinha medo de adormecer à noite só de pensar que poderia acordar no inferno, já nada restava. O medo que agora sentia antes de adormecer era o medo do dia seguinte. Sempre o mesmo, e sempre igual. E o pior é que ao dia seguinte se somavam todos os outros dias seguintes, e a soma de todos deles ia ser o meu futuro. E o quê que poderia mudar? A cadeira onde sentava, ou o tipo das prestações que cobrava?

Nunca aprendi a crer em nada com intensidade, não sei se já disse isto. Mas devo ter dito. Só uma grande verdade, ou uma grande mentira se repetem. E esta é a minha grande verdade. Eu nunca aprendi a crer em nada com intensidade. Quando tinha vontade, e ainda podia tentar, me chamavam de menino bobo. Agora, que já ninguém me chamava de menino bobo, me faltava coragem.

Daquele menino que procurava desesperadamente acreditar em alguma coisa, nos colegas que não tinha, no teto do quarto, ou nos amigos que inventava, restou apenas um homem com medo. A merda de um Eduardo da Cunha Júnior, brasileiro, cobrador de prestações atrasadas, cagado de medo.

Eu sei que ainda posso enganar muita gente. Mas não vai adiantar. Um homem com medo até quando engana os outros se engana a si mesmo. E eu tenho medo. De tudo. Não sei se é porque a minha vida até hoje nunca se justificou, ou porque só o medo a tem justificado. Não devia era ter nascido. O fato de duas pessoas estarem a fim de dar mais uma trepada não justificava meu nascimento. Na verdade, nada justificava meu nascimento. Cada vez tenho mais medo, tomo mais tranquilizantes, e menos acredito no que diz o analista.

Por isso, meu filho me assusta. Daqui a dez anos ele será igual a mim, e eu não posso dizer que ele também nasceu por acaso. Só porque eu e mãe dele estávamos com tesão, queríamos dar mais uma trepada, e a mãe dele esqueceu de tomar uma pílula. O fato de ter jurado a mim mesmo nunca lhe chamar de menino bobo se um dia ele me disser que conversa com o teto do quarto, e é amigo dele, em nada altera meu estado. Meu medo continua, e se ele me mandar à merda tem todo direito de o fazer. Eu não lhe perguntei se ele queria nascer, embora o possa mandar aprender datilografia em vez de cursar direito na faculdade, e estudar francês na Aliança Francesa.

7

Aos sábados e domingos ninguém ficava na pensão. Todo mundo arrumava que fazer nos fins de semana. Só eu ficava no quarto. Às vezes saía, e entrava num cinema, ou tomava um conhaque num bar. Mas logo voltava. Nos cinemas, ou nos bares, andando pelas ruas, ou fechado no meu quarto, a situação era a mesma. Estivesse onde estivesse, era sempre eu comigo mesmo. Às vezes, ainda pensando no meu pai, outras no meu futuro, mas sempre eu comigo mesmo.

Apesar de convivermos diariamente, pouco falava com meus colegas de pensão. Mas tinha inveja deles. Assim como já tinha tido dos meus irmãos, e das namoradas que eles arrumavam. Aliás, eu sempre senti inveja dos outros. Ou por não ser como eles, ou por não conseguir andar com eles.

Na pensão éramos sete. Dois empregados de uma casa de comércio, três funcionários de banco, um fiscal da Prefeitura, e eu. Aos sábados, depois de todos saírem, eu e ela costumávamos tomar bagaceira. Nos dias de semana D. Clarinda tomava bagaceira no quarto dela. Mas aos sábados, como ficávamos só os dois, ela fazia questão de a tomar junto comigo. Até que uma noite, já não lembro porquê, em vez de bebermos na sala fomos beber no meu quarto. Bebemos, e conversamos enquanto durou a garrafa.

D. Clarinda falou a noite inteira. Eu já estava meio bêbado, mas escutei-a até ao fim. A partir dali todas as noites D. Clarinda subia para meu quarto com uma garrafa e dois copos. Aquelas conversas diárias nos tornaram mais amigos, e D. Clarinda passou a me tratar mais como filho do que hóspede. Durante meses escutei ela falar do finado marido, de como tinha deixado a aldeia onde tinha nascido numa tal de Póvoa de Lanhoso, tinha vindo para o Brasil, e como tinham conseguido comprar aquela pensão em Ipanema. O marido trabalhando de carpinteiro, e ela lavando roupa.

Apesar de quase não falar, aquelas conversas me faziam bem. Mas o tempo foi passando, e D. Clarinda repetia sempre as mesmas coisas. Seis meses depois já não conseguia mais aguentar. E chegou a tal ponto que quando saía do trabalho já ficava nervoso só de pensar que ainda tinha que escutar D. Clarinda falar do finado Seu Antônio, da pensão, da aldeia da tal de Póvoa de Lanhoso, e de todas as madames para quem tinha lavado roupa.

Nada me impedia de sair, ir num cinema, ou entrar num bar, e tomar um conhaque. Mas já tinha feito isso, e uma hora depois tinha era vontade de sair, não de ficar. Não falava com ninguém, e por mais conhaque que tomasse até no fundo do copo via meu futuro. Sempre a mesma merda, fosse o copo que fosse. E sem ter para onde ir, corria para a praia. Mas lá também nada mudava. As ondas eram sempre as mesmas, só não tinham fundo de copo. Sem opção, voltei para a garrafa de bagaceira. Eu sabia que o problema não era D. Clarinda. O problema era eu. Fosse onde fosse, estivesse onde estivesse, era só uma questão de tempo. Um minuto, ou uma hora, e lá vinha o desejo de mudar de lugar. Não importava para onde. O importante era mudar. Sair de onde estava. E sair correndo. Parecendo que se não saísse ia morrer.

Um dia, um dos colegas perguntou se eu não queria ir com ele no apartamento de umas amigas, na Rua Visconde de Pirajá. Era sexta-feira, e estávamos jantando. Como nunca me tinha acontecido nada igual, o convite me pareceu uma coisa do outro mundo. Afinal, eu era como ele. Se não fosse, ele não me teria convidado. Fomos depois do jantar.

— Cara, aquilo é tudo gente boa, viu? Gostou, é pegar e andar, tá entendendo?

Entramos no apartamento, e o meu colega logo sumiu. Eu, sem saber o que fazer, encostei na parede, e fiquei olhando a sala. Ia acender um cigarro, para dar ao menos uma certa impressão de indiferença, e uma moça me perguntou:

— Tem calor, não?

— Não, eu...

Ela riu, e começou tirando a roupa.

— Como é? Não vai tirar não?

Eu estava tão tenso que nem pude acender o cigarro. Ela riu, deixou a roupa junto de mim, e foi sentar no colo de um careca, no outro lado da sala. Ele tirou-lhe o sutiã e a calcinha, e ficaram se esfregando. Levei mais de dez minutos até sentir que podia andar. Quando consegui acender o cigarro sem tremer, saí do apartamento.

Fui para a praia, e fiquei lá chutando a areia até os tornozelos doerem. Quando não pude mais ficar de pé, de tanta dor, deitei, e fiquei olhando a escuridão. Xingando a minha, e a mãe de todo mundo. Mas de nada valia. O que eu teria gostado de fazer, tirar o sutiã e a calcinha daquela moça, não tinha feito. A merda era essa.

No jantar de segunda-feira, como sempre, não falei com ninguém nem o colega falou comigo. Ninguém iria entender se eu contasse o que tinha feito. Aliás, nem eu entendia. Por isso, sempre calado, me afastei cada vez mais. Inclusive de D. Clarinda. Para ela não estranhar, disse que estava fazendo um mestrado. Só que em vez de fazer como os outros, ia no cinema. Entrava, assistia um pouco, e voltava para o quarto. Não conseguia aguentar uma sessão inteira. Mas um mês depois; talvez pelo hábito, não sei, ficar numa sala escura sem olhar ninguém, e sem ninguém me olhar, já era como se tomasse um calmante. Foi uma descoberta maravilhosa ir no cinema todas as noites, e me sentir bem só porque enquanto estava lá não pensava no meu futuro, nem tinha medo de morrer.

Tinha vinte e dois anos, quase vinte e três, e a descoberta dos cinemas foi a melhor coisa que me aconteceu. Sabia que continuava como antes, mas ao menos durante aquelas duas horas era outro. Sem medo de viver, e sem medo de morrer. Durante meses minha vida foi, de dia, cobrar prestações atrasadas de geladeiras e televisões, e de noite sentar na sala escura de um cinema. Sem ver ninguém, sem pensar que o mundo existia lá fora, e a morte podia me esperar na saída. O descanso que aquelas duas horas me davam era suficiente para aguentar o dia seguinte. Era como se estivesse em tratamento. Só que em vez de ficar pensando no efeito do remédio, não pensava em nada. Nem na vida, nem na morte, nem no medo que tinha de morrer.

8

De todos os cinemas que conhecia no Rio de Janeiro, o que mais gostava era o Rian. Como o fim de semana era o período mais difícil, mais custoso de passar, todos os sábados e domingos ia lá. Por mais tenso que estivesse, por mais nervoso que andasse, sempre que entrava no Rian tudo passava. E tanto, que muitas vezes assistia até duas sessões seguidas.

Naquele sábado entrei no Rian disposto a assistir às duas últimas. Quando a primeira terminou, se quisesse já podia sair, tão calmo me sentia. Por isso, me apavorei quando no meio da segunda percebi que estava pensando na morte em vez de olhar a tela.

— Quantos filmes ainda vou poder ver até morrer?

Este pensamento me surgiu de repente. Como se eu estivesse em outro lugar, menos no Rian. A ideia da morte andava sempre comigo, eu sabia. Mas quando entrava no Rian ela desaparecia, e eu conseguia passar aquelas horas completamente calmo. Por isso, me apavorei quando me dei conta do que pensava, principalmente por acontecer num lugar onde nunca tinha acontecido. E o que me apavorou ainda mais foi saber que dali em diante nem no Rian eu teria segurança.

Desesperado, fechei os olhos, agarrei com toda força os braços da cadeira, e tentei não pensar. Expeli o ar dos pulmões, e fiquei sem respirar até me sentir tonto. Mas, no exato momento em que voltei a inspirar, lá estava ele.

— Quantos filmes ainda vou poder ver até morrer? Quantos filmes ainda vou poder ver até morrer? Quantos filmes ainda vou poder ver até morrer? Quantos filmes...

E o turbilhão me fez pensar que fosse ficar louco. Louco de medo de ficar louco. E o pior é que não tinha como travar aquele redemoinho. Era como se estivesse num sorvedouro, tudo à minha volta fosse sugado, e eu nada pudesse fazer, só esperando a minha vez. Dentro do meu cérebro tudo se chocava. Os limites do pensar e do apagar estavam quase se encontrando, e tão logo o círculo se fechasse tudo terminaria. Eu enlouqueceria, ou talvez até morresse.

Me salvou pensar que se pudesse fazer um movimento, por menor que fosse, mexer um dedo, abrir a boca, fechar os olhos, qualquer coisa, isso seria o bastante para quebrar aquela força que me sugava. Só que, apesar de fazer o maior esforço, e de querer até gritar, continuava imóvel. Duro. Hirto. Mudo, como se estivesse morto. E quando não pude mais lutar, quando senti que já não tinha mais forças, e o pavor de morrer se cristalizou na minha mente, só tive vontade de uma coisa. Chorar. Mas nem isso consegui. Dentro de mim só havia aquele imenso sorvedouro. Era como se estivesse dentro de um filme assistindo a outro filme. Olhando, sem nada poder fazer, a evolução da minha própria loucura. Vendo a morte se aproximar, e eu imóvel, transido de pavor. Naquele momento morte e loucura eram a mesma coisa. Vácuo. E qualquer uma podia sumir comigo. Me arrancar daquela cadeira para sempre.

E eu não queria morrer. Nem ficar louco. Apesar de tudo que era, naquele momento só uma coisa desejava. Continuar sendo. Fodido, medroso, angustiado, solitário, tudo, mas sendo. Vivendo. Existindo. Vendo filmes. Qualquer coisa, menos morrer, ou ficar louco ali dentro do Rian. Só que, por mais força que fizesse, apesar de toda minha vontade de continuar vivo, de repente desabei. Senti uma dor enorme na cabeça, os olhos fecharam, os braços caíram, e eu morri. Com vontade de chorar porque era obrigado a morrer, e eu não queria morrer.

Acordei na praia, gelado. A roupa toda molhada e o corpo doendo como se tivesse dado a volta ao mundo. Estava deitado de costas, sujo, todo coberto de areia. Areia nos cabelos, nas mãos, na roupa, até dentro da boca. Mas, ao acordar, soube que estava vivo. E soube porque dentro de mim, serenamente, como se boiasse no ar, um pensamento encheu todos os vazios do meu corpo. O dia nascia devagar. E devagar também aquele pensamento foi tomando conta de mim. Tão completamente, que cheguei até a sentir que ele serpenteava nas minhas veias.

Ainda era eu comigo mesmo. Mas ninguém jamais me tinha dito o que agora escutava de mim, ali deitado na praia, como se nada mais existisse à minha volta.

A comparação contínua e constante, em todos os instantes que passam, entre a tua ânsia de viver e a certeza da tua morte, é que te dá a medida exata do absurdo da tua existência.

Cheguei a sorrir, ali molhado, gelado, deitado na areia. Tinha valido a pena morrer no cinema Rian naquele sábado. Mas, mesmo sabendo de onde provinha minha angústia, continuei indo no cinema. O fato de conhecer a causa não retirava o efeito. Pelo contrário. Se antes ia no cinema para esquecer o medo de morrer, agora ia por pensar que se não fosse morreria por não ir.

Desde que descobri que ir no cinema me fazia bem, anotava em agendas todos os filmes que via. Já somavam centenas. Dentro em pouco seriam milhares. Mas quantos milhares? Dois? Três? Dez? Dez mil filmes eram vinte e sete anos de vida. Com os quase vinte e três que já tinha, se conseguisse ver mais dez mil filmes não morreria antes de completar cinquenta anos. Mas quem garantia que ainda ia poder ver mais dez mil filmes? E se um dia não tivesse mais dinheiro para comprar uma entrada?

Quando pensei nisso, a ideia me angustiou ainda mais do que pensar em morrer. A angústia, eu sabia de onde provinha. Mas não sabia, nem podia prever, qual o dia que não teria mais dinheiro para comprar uma entrada de cinema, e morrer por causa disso.

A minha vida estava de tal forma ligada às idas diárias ao cinema que, quando pensava no dia em que fosse obrigado a deixar de ir, logo pensava que esse seria meu último dia de vida. O medo me tornou avarento. Só não deixei de fumar nem sei porquê. De resto, deixei até de almoçar e de lanchar. Levei meses assim. Tomando café da manhã, fumando o dia todo, e só jantando à noite na pensão, antes do cinema. Emagreci tanto que um dia D. Clarinda me chamou:

— Dr. Eduardo, amanhã nós vamos à consulta do senhor Dr. Mendes.

— Mas, D. Clarinda...

— Não tem mas nem meio mas, menino. Amanhã nós vamos à consulta do senhor Dr. Mendes, e estamos conversados. Porque não é possível, meu Deus do céu. O menino come como quem morre de fome, e cada dia está mais magro, mais enfiado, minha Nossa Senhora do Perpétuo Socorro.

— Mas, D. Clarinda...

— Menino, não tem mas, nem meio mas. Amanhã nós vamos à consulta do senhor Dr. Mendes, ouviu?

O jeito de D. Clarinda se impor era me chamar de menino. E como eu não lhe podia dizer a verdade, no dia seguinte fomos consultar Dr. Mendes, um velho amigo, e antigo pensionista de D. Clarinda. Ele olhou, auscultou, mexeu, revirou, coçou a cabeça, e no fim disse que eu não tinha nada, a não ser um pouco de fraqueza. D. Clarinda não disse nada. Mas a partir do dia seguinte meu café da manhã passou a ter mais dois ovos cozidos. E antes de deitar ela me obrigava a tomar um copo de leite com torradas. Deixava no quarto, numa garrafa térmica, e eu tomava quando voltava do cinema.

Apesar da boa vontade, e dos cuidados de D. Clarinda, aqueles meses foram muito tensos. Se antes o mundo já estava longe, agora era eu que estava ainda mais longe. A única diferença é que antes eu não sabia de onde provinha minha angústia, e agora sabia. Mas saber a causa de nada adiantava. Só a mataria se me matasse. E o meu maior pavor era morrer. E entre morrer de verdade, e ter só medo de morrer, não tinha opção. O jeito era continuar indo no cinema.

De tanto conviver com a preocupação de D. Clarinda, e com os cuidados que ela tinha comigo, uma noite, depois de voltar do cinema, comecei pensando que minha incomunicabilidade poderia aumentar ou diminuir na medida em que eu escutasse, ou não, as pessoas que se interessavam por mim. Não eram muitas. Aliás, que eu soubesse, era só D. Clarinda. Mas o importante é que havia alguém que se interessava. Não deixei de ir no cinema. Mas também não deixei de pensar naquilo, e em como seria bom se pudesse trocar aquelas duas horas fosse pelo que fosse. Não disse nada a D. Clarinda, mas resolvi fazer uma tentativa. Comprei uma garrafa de Macieira, e no fim do jantar convidei-a para beber.

— Mas tem que ser aqui na sala, tá certo, D. Clarinda?

Tinha que ser na sala. Já que tinha resolvido tentar, ao menos na sala tinha o telefone para chamar Dr. Mendes. Quando os outros saíram começamos a beber. D. Clarinda contando as histórias de sempre. Do finado Seu Antônio, da pensão, da aldeia da tal de Póvoa de Lanhoso, e de todas as madames para quem tinha lavado roupa. Cada vez mais tenso à medida que a hora da última sessão se aproximava, eu fazia um esforço tremendo para esquecer o cinema, e só prestar atenção no que D. Clarinda falava.

Ficamos assim mais de uma hora. Quando o relógio bateu as nove e meia, meu medo já estava insuportável. Num último esforço para o vencer, e se não vencesse de nada teria valido a tentativa, enchi o copo, e bebi de uma vez só a Macieira. Acendi um cigarro, puxei a maior tragada que pude, e me deixei ficar tonto com o fumo preso nos pulmões, a garganta também ardendo de tanto álcool.

D. Clarinda continuou falando. Enchi outro copo, e fiquei olhando o relógio. Quando ele bateu as dez, apesar de me estar preparando com todas as forças para aquele momento, não aguentei. Enchi o copo, e bebi tudo de um gole só. Estava gelado, completamente apavorado. E o pior é que mesmo que quisesse, mesmo que me sentisse morrer, já não podia ir no cinema.

Acendi outro cigarro esperando desmaiar, passar mal, morrer, sei lá o quê. Mas as dez horas passaram, e nada aconteceu. Continuei olhando os ponteiros, e coisa curiosa, agora que os via avançar mais e mais dentro da noite, quanto mais eles avançavam mais calmo eu me sentia. Tão calmo que à meia-noite, olhando para D. Clarinda, e mesmo vendo duas na minha frente acabei com o resto da garrafa.

Quando nos levantamos o meu porre era total. Mas tinha valido a pena. Não tinha ido no cinema, e não tinha morrido naquela noite. Abracei D. Clarinda, e a chamei de minha mãe. Choramos um tempão, abraçados. Não importa se por causa do porre, ou do que fosse, o fato é que aquela era a primeira vez que chorava. E me fez bem. Mesmo bêbado, sentia a merda toda escorrer por mim abaixo.

No dia seguinte, apesar da ressaca, parecia que tudo estava diferente. Menos agressivo. Mais próximo. Mais acessível. Tão diferente, que quando entrei no escritório fiz uma coisa que nunca tinha feito. Dei bom-dia a todos os colegas.

9

A partir do dia seguinte não fui mais no cinema. E um mês depois até já ria quando me lembrava daquele medo. Como é que alguém podia chegar ao ponto de pensar em morrer se não entrasse num cinema?

Mas ainda não estava curado. Ainda não conseguia ir com os colegas da pensão ao apartamento das amigas. Não conseguia, mas minha vida já era outra. Ao menos, já conseguia conviver um pouco mais com minha angústia. Continuava só, eu comigo mesmo, mas já não pensava na morte a cada minuto que passava. Ainda era pouco, eu sabia. Mas já era o suficiente para sair à noite, e andar por onde quisesse. E o que era ainda mais importante, já conseguia olhar os outros, e os sentir junto de mim.

Depois daquela noite no Rian, tinha certeza que um dia ainda seria capaz de acompanhar meus colegas da pensão ao apartamento das amigas. Mas como ainda não me sentia bem seguro, preferia sair sozinho, e andar, ou sentar nos bares de beira de praia. Às vezes até nem saía. Ficava lendo. Só que as paredes do quarto já não me sufocavam.

Uma noite, cansado de andar pela praia, sentei num bar. Pedi um conhaque, acendi um cigarro, e fiquei olhando os outros. Numa mesa ao lado da minha estava uma mulher. Nos olhamos, e ao fim de algum tempo ela se levantou, perguntando se podia sentar na minha mesa. Sorri, ela pegou a bolsa, e sentou. Era bem mais velha do que eu. Alta, morena, o rosto cansado, os lábios sempre contraídos mesmo quando falava.

— Você tá esperando alguém?

— Não.

— Nunca lhe vi aqui.

Não respondi, e fixei meu olhar no rosto dela. Ela notou meu olhar, e procurou sorrir.

— Porquê que tá me olhando assim?

Desviei o olhar e abanei a cabeça.

— Não sei.

Acendi um cigarro, e bebi o resto do conhaque. Ela só me olhava.

— Você não gosta de falar?

Puxei uma tragada, e não respondi. Não sabia que dizer.

— Que idade você tem?

Puxei outra tragada, e desta vez respondi.

— Vinte e três.

— Só? Parece mais.

Sorriu encabulada, e abanou a cabeça.

— Desculpe não era isso que eu queria dizer.

Fez uma pausa, e acendeu um cigarro.

— Você faz o quê?

Não sei porquê, mas aquele rosto cansado me pareceu sincero.

— Trabalho.

— Em quê?

Mesmo que lhe dissesse ela não ia acreditar. Um cobrador de prestações atrasadas não sentava num bar como aquele.

— E você?

Ela encolheu os ombros, e sorriu.

— Eu? Eu ando por aí.

Puxou uma tragada, e olhou o mar. Os pés de galinha em volta dos olhos estavam crispados. Olhei meu copo vazio.

— Toma conhaque?

Ela sorriu, e encolheu os ombros.

— Eu? Eu tomo qualquer coisa. Por quê que você pergunta?

— É que você podia não gostar de conhaque.

Ela me olhou, e depois olhou o mar.

— Gente como eu gosta de qualquer coisa.

Puxei uma tragada, e olhei-a.

— Por quê que você diz isso?

— Porque é verdade.

Fez uma pausa, e sorriu.

— Você é um sujeito engraçado, sabia?

— Porquê?

— Porquê? Porque não é costume perguntar o que você pergunta.

— Desculpe.

— Bobagem. Eu gosto de conhaque.

Chamei o garçom, e pedi dois. Ela disse para deixar a garrafa. Bebeu duas doses seguidas, e puxou duas tragadas profundas.

— Daqui você vai pra onde?

— Não sei.

— Quer vir comigo?

Não respondi. Não esperava aquela pergunta, e não sabia que dizer.

— Não quer?

Continuei calado, ela puxou outra tragada, e esmagou o cigarro no cinzeiro.

— Não faço seu tipo? É isso?

— Não.

— Então é porquê? Sou muito velha? Pode dizer. Eu sei que sou.

Esmaguei o cigarro no cinzeiro, e olhei-a nos olhos. Fixamente. Ela sustentou meu olhar sem sorrir, sem se mexer, sem sequer pestanejar. Como se esperasse uma sentença. Mas eu não estava pensando nada. Olhava só o rosto dela. Cansado. Envelhecido. Tenso. Só esperando minha resposta.

— Vou sim.

Ela sorriu, e a tensão do rosto abrandou. Enquanto eu pagava a conta ela chamou um táxi. Ambos sabíamos que aquele encontro duraria somente algumas horas, e talvez nunca mais voltasse a acontecer. Mas, e talvez até por causa disso, íamos dentro daquele táxi como se o tempo tivesse parado, e nos conhecêssemos desde sempre.

Quando me despi no apartamento dela já o dia tinha nascido. Mas antes tínhamos conversado horas. Nunca soube se o que ela contou era verdade. Mas não tinha importância. O importante é que pela primeira vez na minha vida estava podendo falar com alguém à vontade. Sem medo, e sem vergonha. Dizendo quem eu era realmente, e o que nunca tinha conseguido ser. O que tinha procurado, e o que tinha recebido. O que me davam, e o que desejava que me dessem. Tudo. Ela me escutou em silêncio. E só quando me calei, já de manhã, é que olhei o corpo dela, nu, deitado na cama, e senti desejo. Um desejo imenso como nunca tinha sentido antes.

Quando saí do apartamento já passava das quatro da tarde. Estava cansado, esgotado, com fome, mas feliz. Era como se tudo o que durante aqueles anos tinha carregado dentro de mim tivesse saído do meu corpo, da minha cabeça, e do meu mundo. Falamos horas. Mas de tudo que ela me disse, três frases nunca mais esqueci.

— Quando eu tinha sua idade, eu devia era ter feito meu mundo. Agora só me resta apanhar o que me dão. Vinte e três anos a gente só tem uma vez na vida, meu querido.

Ela me tinha dito aquilo depois de eu lhe ter dito tudo que pensava que era. Me despindo. Me dando. Me rasgando. Tirando de mim tudo que sempre carregara. Naquele momento, minha angústia, meu medo, minha solidão, tudo sumiu. Ali, naquele apartamento, diante daquela mulher nua, envelhecida pela vida, eu era o homem que sempre quis ser. Capaz de falar com alguém, capaz de falar de mim, capaz de ser.

Cheguei no escritório meia hora antes de encerrar o expediente. Mal me tinha sentado, o telefone tocou. Era a telefonista.

— O senhor não leu o bilhete do Dr. Maluf?

— Não.

— Ele quer que o senhor vá no gabinete dele.

Olhei a mesa. Lá estava o bilhete do Dr. Maluf dizendo que queria falar comigo. Todos os colegas me olharam. Raramente Dr. Maluf deixava bilhetes nas mesas dos cobradores. E quando deixava sempre algum mal acontecia. Naquele sobrado velho todos ganhavam pouco. Mas mesmo assim ninguém queria ser despedido. Apesar de os jornais andarem cheios de ofertas de salários mirabolantes, todos ali tinham medo de perder aquele emprego. E Dr. Maluf sabia disso, e fazia questão que todos soubessem que ele sabia.

Tinha vindo do Líbano há mais de quarenta anos, vendeu fazendas e quinquilharias a prestação pelos subúrbios, ganhou dinheiro, comprou aquelas salas velhas, botou lá um advogado bêbado só para cumprir a lei, e do turco Maluf da prestação tinha nascido o honorável Dr. Maluf, sócio majoritário da

Central de Cobranças Rápidas Ltda, e cidadão honorário do município do Rio de Janeiro.

Entrei no gabinete. Ele me olhou por cima dos óculos, e gritou.

— Por que o senhor faltou hoje? Hem? Hem? O senhor pensa que isto aqui é o quê? Hem? Hem? Repartição pública, é?

Olhei a cara dele. Gorda. Balofa. Bovina. Exatamente a cara do sujeito a quem os vereadores gostam de fazer cidadãos honorários da cidade do Rio de Janeiro. Porque eles pagam bem o diploma.

— E o senhor? Não diz nada? Hem? Hem?

Me lembrei das palavras daquela mulher que nunca mais vi.

— Quando eu tinha sua idade, eu devia era ter feito meu mundo.

Dr. Maluf balançava o corpo gordo na cadeira, e repetia.

— Hem? Hem? Ou o senhor pensa que é dono disto aqui? Hem? Hem?

Me aproximei, e espalmei as mãos no tampo da secretária, os olhos fixos nos olhos dele. Ele recuou a cadeira, a boca aberta, e os olhos esgazeados.

— O senhor... O senhor...

A cadeira bateu na parede, e o diploma de cidadão honorário balançou. Ri da cara dele, e falei devagar, separando bem as sílabas:

— Filho da puta. Seu turco filho de uma puta.

Ele me olhou, os olhos saltando das órbitas, a dentadura quase caindo. Parecia nem acreditar no que estava acontecendo. A ele, Dr. Maluf Hossen, cidadão honorário do município do Rio de Janeiro, e sócio do Clube de Diretores Lojistas. De repente fechou a boca, a cara vermelha parecendo estourar, apertou as mãos com força nos braços da cadeira, e o mijo escorreu, amarelo e farto para o tapete. Saí. Saí, mas deixei a porta aberta para que todos vissem um cidadão honorário todo mijado. A voz da mulher do bar de beira de praia ainda soava nos meus ouvidos.

— Quando eu tinha sua idade, eu devia era ter feito meu mundo.

Ela não tinha mais vinte e três anos. Mas eu tinha. Voltei à sala. Em silêncio, e sem pressa rasguei o bilhete do ex-Dr. Maluf, joguei os pedaços de papel pelo chão, e peguei minhas coisas. Todos me olhavam.

— Boa-tarde, senhores. Passar bem.

Eu tenho vinte e três anos, e ainda posso fazer meu mundo, sabiam disso, seus calhordas?

10

À noite, no quarto, peguei meu diploma. Eduardo da Cunha Júnior, bacharel em direito. Li mais uma vez meu nome desenhado em letras góticas, abri a janela, e metodicamente, como se estivesse picando fumo de rolo, rasguei a cartolina em pedacinhos. Quando o último caiu no asfalto, joguei também o canudo, fechei a janela, e me deitei como se nada tivesse acontecido.

Naquela noite nasceu Cunha de Leiradella.

11

Dizem que os melhores momentos da nossa vida andam por aí que nem anjos da guarda. Sempre junto de cada um. Eu só tive um. Quando fui no apartamento de uma mulher de rosto cansado, e lábios sempre contraídos que me disse.

— Quando eu tinha sua idade, eu devia era ter feito meu mundo.

Me formei em advocacia como poderia ter me formado em engenharia, medicina, veterinária ou matemática. Só para ter um diploma, e uma vida bem mais fácil. Ao menos, era isso que todos me diziam. Que depois de formado a vida seria bem mais fácil.

Mas na realidade a formatura nada significou. Nem para mim, quando me formei, nem para os outros, quando saí procurando emprego. A única utilidade do diploma foi me fazer assistir a um baile de formatura, escutar um discurso idiota, e ter meu nome escrito em letras góticas num pedaço de cartolina. Até que um dia encontrei aquela mulher de rosto cansado, e lábios sempre contraídos, e fiz duas coisas que me agradaram. Chamei um cidadão honorário de filho da puta, e rasguei aquela cartolina que não valia o custo das letras que tinha impressas.

Eu sei que estas coisas não têm importância para ninguém. Mas para mim significaram muito. Ao menos, me deram a coragem de tentar começar a viver minha própria vida. Aquela vida que eu imaginava que devia existir, embora nunca a tivesse encontrado. E também fizeram nascer Cunha de Leiradella. Só que, apesar de Cunha de Leiradella já estar dentro de mim, e eu começar a querer agarrar minha vida como meus colegas de pensão diziam que se fazia com as amigas, eu sabia que ainda continuava amordaçado.

Estava começando a me abrir, mas devagar. O mundo já me parecia menos agressivo, e as pessoas já não passavam por mim parecendo que eu não passava por elas. Mas ainda me doía sentir que cada dia que passava era menos um dia que tinha para viver. O fato de ter tomado consciência do meu absurdo, e ter aprendido a conviver melhor com minha angústia, era só o começo da caminhada. O que eu era continuava sendo. Eduardo da Cunha Júnior, brasileiro, solteiro, ex-bacharel em direito, cagado de medo.

Mas a partir daquela noite, quando encontrei aquela mulher de rosto cansado, e lábios sempre contraídos, e ela me disse, quando eu tinha sua idade, eu devia era ter feito meu mundo, meu mundo estremeceu. Consegui chamar um cidadão honorário de filho da puta, e me libertei da obrigação de ser alguém na vida só porque me tinha formado, e me tinham dito que aquele diploma era a prova do compromisso que eu estava assumindo com a sociedade.

Quando o rasguei, e fiquei olhando os pedaços caírem na rua foi como se me tivesse purgado. A sociedade que fosse à puta que a pariu, porque agora, já não tendo compromisso com ninguém, eu ia era tratar da minha vida. E sem diploma, e sem emprego, o primeiro passo estava dado.

Um bacharel em direito que se prezasse jamais poderia catar papel na rua, ser sapateiro, ou vender bilhetes de loteria. Afinal, não era à toa que se colava grau, se fazia um puta baile, se desenhavam nomes em letras góticas em pedaços de cartolina cheios de carimbos, lacres, selos, e assinaturas com mais floreios do que crista de cacatua, e se assumiam compromissos com a sociedade. Toda essa merda, para depois vir um bosta como eu, um sujeito que nem sequer sabia bater à máquina, e não se sentir honrado em ser bacharel em direito. Tudo, só porque tinha encontrado uma mulher tão na merda quanto eu, e tinha trepado com ela. E o que era ainda pior, achar pura filhadaputice tudo que me tinham dito no Teatro Municipal, na noite da colação de grau. Cambada de calhordas.

Livre do diploma, a prova do compromisso com a sociedade, agora podia ser o que quisesse. Sorveteiro, engraxate, biscateiro, ou até presidente da República. Ou novamente cobrador. Mas aí já seria diferente. Se voltasse a cobrar prestações atrasadas de geladeiras e televisões, isso não seria só um meio. Seria um fim. Se voltasse a ser cobrador, eu seria cobrador porque queria ser cobrador. Não a merda de um bacharel em direito que tinha começado seu compromisso com a sociedade cobrando prestações atrasadas de geladeiras e televisões.

Agora, sem diploma, e sem nenhum compromisso, nem todos os discursos do mundo me obrigariam a fazer o que não quisesse. Um sujeito sem passado não precisa lutar pelo futuro. Basta ser o que é. Cobrador, sorveteiro, engraxate, biscateiro, ou até presidente da República. Depois daquela noite, de uma coisa estava certo. Ninguém podia me obrigar a ser um cidadão honorário, ou sócio do Clube de Diretores Lojistas. Já tinha rasgado meu diploma, e de um sujeito que rasgava diplomas não se podia querer mais nada. Dinheiro nenhum no mundo me obrigaria a lamber os cus respeitáveis dos respeitáveis cidadãos honorários da cidade do Rio de Janeiro.

Fisicamente, eles podiam me obrigar a ser muita coisa, eu sabia. Mas a ser mais um Dr. Maluf da vida, um cidadão honorário, um sócio do Clube de Diretores Lojistas, isso nunca. Isso, só se eu quisesse. E eu não queria. Eu queria é que eles se fodessem. Todos eles. Cambada de calhordas.

12

Me empreguei dois meses depois de ter mandado à puta que pariu o honorável Dr. Maluf Hossen. Por coincidência, no mesmo edifício que tinha escolhido quando andava procurando meu primeiro emprego. Um *hall* de granito polido, seis elevadores, vinte e tantos andares, janelas com vidros fumê, e porteiros parecendo marechais reformados.

Já não levava meu diploma debaixo do braço, nem perguntei se precisavam dos serviços de um bacharel em direito com ou sem fluência em francês. Agora não tinha mais compromissos com ninguém. Agora, eu era o que era. Um sujeito que cagava solenemente na senhora dona sociedade, e procurava um emprego qualquer na cidade do Rio de Janeiro.

Nas primeiras quatro firmas, embora tivesse certeza que tinha passado nos testes, quando ia saber os resultados, a vaga já tinha sido preenchida. Na primeira, não desconfiei. Na segunda, tive a impressão que devia ser coincidência. Nas outras duas, aí sim. Tive certeza que o turco Maluf, quando lhe perguntavam alguma coisa, embora não dissesse que eu o tinha mandado à puta que pariu, e que ele se tinha mijado todo, no mínimo devia dizer que eu era louco, ou comunista. Para tirar a prova, na quinta empresa, preenchi a ficha, dizendo que estava chegando do Rio Grande do Sul, morava na Rua Barão da Torre, em Ipanema, e juntei o certificado da conclusão do científico. Só. Uma hora depois estava aprovado. No mesmo dia tirei nova carteira profissional, e na semana seguinte, feito o exame médico, comecei a trabalhar.

O escritório era a filial de uma firma de exportações, importações e comércio. A matriz ficava em Santos. Ocupava todo 21º andar, e mesmo no refeitório tinha cortinas nas paredes, chão acarpetado, e ar-condicionado. As operações eram dirigidas por um gerente administrativo, e tinha um chefe, e um subchefe de escritório. Uma vez por mês vinha de Santos um auditor fechar o balanço, e no fim do ano, na véspera de Natal, vinha um diretor desejar as Boas Festas e um Feliz Ano Novo a todo mundo.

Meu serviço era facílimo. Trabalhava no Setor de Impostos. O encarregado era Seu Jonas, e eu controlava os pagamentos. Recebia as guias, e anotava os vencimentos numa agenda. Na véspera do pagamento enviava as guias à Tesouraria, e arquivava-as de novo, depois de pagas, e rubricadas pelo tesoureiro. Não ganhava muito. Só um pouco mais do que quando era cobrador do turco Maluf. Os salários da Central de Cobranças Rápidas Ltda e da Brasil-Nacional Exportações

S/A quase se equivaliam. A diferença eram as cortinas, os tapetes e o ar-condicionado.

Meio ano depois, como mantivesse o arquivo das faturas cem por cento, e já soubesse dar mais de cem batidas por minuto, fui transferido para o Setor de Contas a Pagar. Passados três meses, o chefe, Seu Hildebrando, se aposentou, dobraram meu salário, e me botaram na chefia. Ainda não sabia se aquele já era meu mundo. Mas, fosse ou não, o fato é que me sentia bem, escondido naquele canto. E isso era o que mais me importava. Só que ainda sabia que mesmo começando a construir meu mundo, a angústia não me largaria, e o absurdo me esperaria ao dobrar de cada esquina. Mas só o fato de conseguir aceitar isso já me dava condições de terminar um dia de trabalho sem pensar que podia morrer dali a dez segundos. Ou dez dias.

Eu sabia que empregos iguais ao meu eram difíceis de encontrar. Principalmente para um sujeito como eu, que não estava disposto a pôr o pé no primeiro degrau da escada, e subir à custa fosse de quem fosse. Mas sabia fazer bem o que fazia, e não me preocupei. O que ainda me inquietava, quando pensava que um dia podia sair dali, era o ambiente. Aquele chão acarpetado, aquelas cortinas, aqueles corredores silenciosos. Os colegas e o serviço em nada influíam. O que me agradava era o espaço, não as pessoas.

Só por isso era importante para mim aquele canto. Eu gostava da Brasil-Nacional por mim, porque me sentia bem, porque não sentia aquela ânsia de fugir de lá a qualquer momento, não pelo que ela era como empresa, nem pelas pessoas que nela trabalhavam. No meu mundo ainda pesavam mais as coisas do que as pessoas.

Um ano depois da minha promoção, Dr. Stanley, o gerente administrativo, foi nomeado diretor, e foi para Santos. Dr. Honório, o chefe do escritório, como era praxe, foi nomeado gerente administrativo. O subchefe, Dr. Silveira, poderia, ou não, ser nomeado chefe. Semanas antes, quando o auditor examinou meu setor, deixou perceber que a matriz não estava nada satisfeita com Dr. Silveira, apesar dos seus trinta e tantos anos de serviço. A mim tanto importava que fosse Dr. Silveira, ou outro qualquer o novo chefe. O importante é que as coisas não mudassem. Só que, a menos que Dr. Silveira fosse nomeado, a mudança iria acontecer. Mascando a ponta apagada de um charuto, Dr. Raul, o auditor me tinha dito.

— Muita rotina. Rotina demais. Dr. Silveira...

Não terminou, mas aquele comentário me preocupou. Ou Dr. Silveira conseguia em poucos dias desfazer aquela imagem, ou o novo chefe viria de Santos. Embora me sentisse bem, meu mundo ainda estava se iniciando, e a mínima mudança o escacaria. Sem ninguém saber, comecei a coletar os dados necessários para um programa de trabalho a ser apresentado pelo Dr. Silveira antes que chegasse o novo chefe. Todo mundo sabia que Dr. Honório não mexeria um dedo para conseguir a nomeação do Dr. Silveira. O problema dele era deixar o tempo correr, dizer amém com todos os diretores, rezar para que um deles morresse, e ele ser nomeado. Por isso, se a nomeação do Dr. Silveira era importante para meu mundo, eu é que tinha de a conseguir.

Levei uma semana coletando dados, e uma manhã para datilografar o programa. No fecho do expediente mostrei a Dr. Silveira o que tinha conseguido. Deixei todo mundo sair, e quando ele passou pela minha mesa disse que precisávamos conversar. Fomos para a sala dele. Só que quando lhe disse o que eram aquelas folhas ele não acreditou.

— Sr. Eduardo, o que o senhor fez é uma coisa sem precedentes nesta empresa. Eu deveria...

Acendi um cigarro.

— Dr. Silveira, se o senhor não assinar esse programa, o novo chefe do escritório virá de Santos.

— E como é que o senhor...

— Como é que eu soube?

— Digamos, Sr. Eduardo, que a pergunta fosse essa.

— Foi Dr. Raul, Dr. Silveira.

— Dr. Raul? E o que lhe disse Dr. Raul, Sr. Eduardo? —

Me disse que o senhor era muito rotineiro.

Talvez eu não estivesse sendo justo com Dr. Silveira. Mas se eu quisesse continuar escondido no meu canto, aquele seria o único meio de o fazer assinar aquele programa. Para a Brasil-Nacional, Dr. Silveira era apenas um número numa ficha, mas ele parecia não saber.

- Quer dizer que eu...

- Quer dizer, Dr. Silveira, que se o senhor não mudar...

Ele desapertou o colarinho, o suor já escorrendo pelo rosto. Embora Dr. Raul fosse apenas um auditor, para Dr. Silveira era um deus. Como eram deuses todos os que vinham da matriz. Até os mensageiros.

— Dr. Silveira, a única chance que o senhor tem é assinar este programa. Claro que não posso garantir que o senhor seja nomeado, mas é uma chance. Agora, se o senhor não assinar...

Puxei uma tragada, e olhei Dr. Silveira. Ele olhava o tampo da secretária. Eu sabia que estava jogando alto. Mas, ou ele assinava, e eu tinha chance de continuar fazendo meu mundo, ou ele não assinava, e eu me danava. Para mim, naquele momento, Dr. Silveira valia menos do que o cigarro que eu fumava, mas era minha única boia de salvação.

— Dr. Silveira, se este programa não for amanhã para Santos, o senhor pode ter certeza que o novo chefe virá de lá. Isso eu garanto ao senhor.

Dr. Silveira abanou a cabeça.

— É inacreditável. É inacreditável, meu Deus do céu.

Puxei uma tragada, e olhei-o fixamente.

— Então, Dr. Silveira?

Ele não respondeu. Estava imóvel, o queixo apoiado nas mãos e o suor escorrendo pelo rosto. Me olhando como se eu fosse o superdeus, o mítico Mr. Smith, o presidente que morava em Nova Iorque, e ninguém sabia quem era. Resolvi jogar meu último trunfo. Num jogo como aquele valiam todos os golpes por mais baixos que fossem.

— Bem, Dr. Silveira, lamentarei ver o senhor morrer em casa, aposentado antes do tempo.

Apaguei o cigarro no cinzeiro, levantei, e comecei a juntar as folhas do programa.

— Sr. Eduardo, por favor, sente.

Sentei, e acendi outro cigarro. Dr. Silveira ainda estava suando, mas já não gaguejava. A partida estava ganha.

— Sr. Eduardo, e o senhor?

— Eu, Dr. Silveira?

— O quê que o senhor vai querer ganhar com tudo isto?

Sorri, e abanei a cabeça.

— Nada, Dr. Silveira.

— Nada, Sr. Eduardo?

— Nada.

— O senhor não vai querer ser o novo subchefe do escritório, Sr. Eduardo?

— Não, Dr. Silveira.

— Quer dizer que o senhor fez tudo isto só por minha causa, Sr. Eduardo?

— Não, Dr. Silveira. Fiz por minha causa.

O espanto dele só não me fez rir porque se risse podia ser que meu mundo se danasse.

— Dr. Silveira, se o senhor já tivesse lido, veria que nas "Considerações Gerais" é solicitado à matriz um novo subchefe.

Fiz uma pausa. Dr. Silveira me olhava, ainda sem acreditar.

— Dr. Silveira, num programa onde se propõem mudanças como essas que o senhor vai ler, é bom dar a impressão que a matriz é sempre um órgão fiscalizador. Quer dizer, um dos cargos de chefia deve vir direto dela, o senhor entende?

Dr. Silveira tirou os óculos, e passou as mãos no rosto.

— Sr. Eduardo, entender isso, eu entendo. O que eu não entendo é por que o senhor teve esse trabalho todo.

Sorri outra vez, e ele colocou os óculos.

— Fácil, Dr. Silveira. Eu gosto da Brasil-Nacional como ela é. Como ela é hoje, e se vier tudo da matriz, claro que muitas coisas vão mudar. E muitas coisas mudando, já que o senhor quer saber, Dr. Silveira, eu vou ter que sair.

— Mas porquê, Sr. Eduardo? Porquê que o senhor vai ter que...

Ele não entenderia, mesmo que eu lhe contasse tudo. Desde o menino bobo que tinha sido até o homem medroso que ainda era.

— Sr. Eduardo, posso lhe fazer uma pergunta?

— Claro, Dr. Silveira.

— Com toda franqueza?

— Com toda franqueza.

— Sr. Eduardo, na realidade, o que é que o senhor pretende ganhar com tudo isto?

— Paz e tranquilidade, Dr. Silveira.

Ele tirou os óculos e esfregou os olhos.

— Paz e tranquilidade.

Colocou os óculos, e me olhou.

— Só isso, Sr. Eduardo?

— Só, Dr. Silveira.

Ele pegou nas folhas.

— É só o senhor ler, e assinar, Dr. Silveira.

Ele começou a ler. Puxei uma tragada profunda, fechei os olhos e recostei-me na cadeira. A minha vontade não era estar ali tentando convencer um sujeito burro de que o meu egoísmo, para ele, significava um puta altruísmo. A minha vontade, naquele exato momento, era estar no meu quarto, na praia, em qualquer lugar menos ali. Mas, infelizmente, o meu medo era ainda maior que a vontade de mandar tudo à puta que pariu.

Quando terminou a leitura, Dr. Silveira ficou com as folhas na mão, como se não soubesse o que fazer com elas. Peguei uma esferográfica, ele assinou a última e rubricou todas as outras. Depois de alguns momentos de silêncio me estendeu a mão suada.

— Obrigado, Sr. Eduardo.

— De nada, Dr. Silveira.

Na manhã seguinte verifiquei pessoalmente se o programa tinha ido para Santos no primeiro malote. Tinha. Uma semana depois Dr. Stanley veio nomear Dr. Silveira chefe do escritório, e lhe dar os parabéns pelas novas diretrizes, e metas apresentadas. Dr. Honório, o gerente administrativo, ainda que meio encabulado, fez um discurso, comparando Dr. Silveira a um diamante, e Dr. Stanley a um garimpeiro com a inteligência de um verdadeiro Abraham Lincoln dos nossos dias. Dr. Stanley agradeceu, e apresentou também o novo subchefe, Dr. Monteiro, um dos mais brilhantes auxiliares da matriz. Dr. Silveira mal pôde agradecer o que a Brasil-Nacional estava fazendo por ele, de tanto que gaguejava no discurso.

— Sr. Eduardo, me disse depois de todos saírem do seu novo gabinete, se algum dia o senhor precisar de alguma coisa de mim, seja aqui, seja lá fora, é só dizer. Eu não sou homem de esquecer um favor, Sr. Eduardo. Principalmente um favor como este, o senhor entende, Sr. Eduardo?

— Tudo bem, Dr. Silveira.

Apertei a mão que ele me estendeu, e saí do gabinete. Estava com vinte e quatro anos, e agora já parecia que meu mundo ia assentar em bases sólidas. Tinha um cargo suficientemente anônimo para não despertar inveja de ninguém, e uma vontade enorme de nele permanecer. Apesar de me lembrar ainda do passado, já conseguia sair com os colegas, e tomar chope no Simpatia todas as sextas-feiras à noite. Depois de anos e anos convivendo apenas com as coisas, finalmente estava conseguindo conviver também com as pessoas.

Em vinte e quatro anos, que me lembrasse, nunca tinha passado um ano tão tranquilo como aquele. Saía com os colegas, ria das piadas deles, ia no cinema só para me divertir, e se ia para a praia à noite era só porque gostava de sentir a maresia batendo no meu rosto. Finalmente, minhas companhias já eram pessoas de carne e osso. Como eu. Eduardo da Cunha Júnior, brasileiro, solteiro, capacidade de quatro salários mínimos.

13

Quando assumi a chefia, o Setor de Contas a Pagar tinha três funcionários. O chefe, um auxiliar, e uma datilógrafa. Uma semana depois solicitei que retirassem o auxiliar. Quando fiz isso não estavam me importando custos, salários, merda nenhuma. Nem se aquilo ia agradar, ou não, à diretoria. Estava me importando era comigo. Quanto mais trabalhasse menos tempo tinha para pensar. E quanto menos pensasse mais depressa o Eduardo da Cunha Júnior, capacidade de quatro salários mínimos, poderia consolidar o seu mundo. Mas a Brasil-Nacional não entendeu assim. Na hora do chope no Simpatia, um colega do Departamento do Pessoal me disse que tinha chegado da matriz um memorando para que fosse anotado na minha ficha confidencial que, eu próprio, solicitara redução de pessoal no meu setor.

— Olha, cara, vou te dizer uma coisa. A turma lá de Santos ainda deve tar se babando até agora, viu? Só você vendo o que dizia aquele troço, cara. Aposto que se mandassem uma cópia lá pro Mr. Smith, o puto ia até mijar nas ceroulas, de tanto gozo. Mas vem cá, me diz uma coisa. Por quê que você fez aquilo, hem?

— Porque não tinha necessidade de três pessoas.

— Pra cima de mim, cara? Quê que há? Coisas dessas só quem faz é o velho Honório, que puxa o saco até de Deus. Cara, será que você já tá na escola dele, é?

Não respondi. Não valia a pena estragar a minha noite mandando à merda um idiota.

— Tá certo. Você não quer dizer, não diz. Mas que tu acertou na mosca, acertou mesmo, cara. Podes crer.

Pedi minha conta, paguei, e o assunto morreu ali. A única coisa que sabiam na Brasil-Nacional é que eu tinha vindo do sul, morava na Rua Barão da Torre, em Ipanema, era solteiro, tinha o científico completo, e gostava do trabalho que fazia. Só. O resto não interessava à Brasil-Nacional. E para dizer a verdade, agora que meu mundo estava tomando forma, nem a mim interessava.

D. Márcia, a datilógrafa, só falava comigo o estritamente necessário. E mesmo assim só durante o expediente. Entrava um minuto antes da hora, e saía exatamente um minuto depois da hora. Dias havia que além do "Bom-dia" e do "Boa-noite" não chegávamos a trocar mais do que meia dúzia de palavras. Mas eu gostava dela. D. Márcia era a eficiência em pessoa. Nunca faltava, e nunca atrasava um balancete. Só que, uns dias depois daquela conversa no Simpatia, embora ela não tivesse participado, D. Márcia me espantou. Não saiu na hora do costume. Como aquilo nunca tinha acontecido, perguntei:

— Algum problema, D. Márcia?

— Não, não, Sr. Eduardo. Problema nenhum.

Parou de bater, e cobriu a máquina.

— Sr. Eduardo...

— Sim, D. Márcia.

— Eu posso perguntar uma coisa pro senhor?

— Claro, D. Márcia.

— É que...

Sorriu como se estivesse encabulada, e me olhou do mesmo jeito.

— Sr. Eduardo, amanhã à noite o senhor tem algum compromisso?

— Com...

Me espantei. Nunca tinha pensado que D. Márcia pudesse me fazer uma pergunta daquelas.

— Tem nada, não, Sr. Eduardo. Eu é que queria saber se...

Fez uma pausa, e me olhou, ainda parecendo encabulada.

— É que amanhã é dia do meu aniversário, o senhor sabe? E eu queria saber se o senhor podia ir na minha festinha. O senhor vai, Sr. Eduardo?

Eu sabia que era costume alguns colegas darem festas de aniversário, e convidarem os amigos mais íntimos. Por isso, logo que ela falou o motivo, achei a pergunta natural, embora o nosso relacionamento fosse só profissional. Mas talvez D.

Márcia quisesse dar um tom menos formal ao nosso dia a dia. Afinal, nós trabalhávamos juntos oito horas por dia, cinco dias por semana.

— O senhor vai, Sr. Eduardo?

— D. Márcia...

Ela sorriu, e nem me deixou terminar.

- Eu gostaria que o senhor fosse, sabe? Afinal o senhor é meu chefe e...

É. Realmente D. Márcia queria amenizar um pouco o nosso dia-a-dia.

— Mas se o senhor tem algum compromisso...

— Compromisso nenhum, D. Márcia. Pra mim será um prazer. O que eu não quero é causar nenhum incômodo pra senhora, a senhora entende?

— Ora, Sr. Eduardo, incômodo nenhum. Boa-noite, Sr. Eduardo.

Quando consegui responder ao boa-noite já ela tinha saído. No dia seguinte, como ninguém falasse no aniversário, na hora do almoço resolvi comprar meu presente. Normalmente, o pessoal costumava fazer uma vaquinha. Mas como até ao meio-dia ninguém corresse a lista, saí pela Rua do Ouvidor procurando alguma coisa. Ao fim de meia hora ainda não tinha escolhido nada. Cheguei a pensar num perfume, mas como não sabia a marca que ela usava, desisti. Já estava quase deixando para a hora do lanche, quando me lembrei das rosas. Corri ao Mercado das Flores, e encomendei três ramos de uma dúzia. Vermelhas. O endereço, e o horário de entrega, eu daria depois por telefone. No escritório, perguntei a D. Márcia a que horas era a festinha, e o endereço dela.

—. Pra quê que o senhor quer saber, hem, Sr. Eduardo?

— Ora, D. Márcia, pra saber como ir lá.

Ela sorriu, e disse.

— É. Eu tinha esquecido que o senhor nunca foi lá em casa.

Dez minutos depois pedi para procurar no arquivo morto umas duplicatas do ano anterior, e telefonei para a florista. No fim do expediente, depois que todo mundo saiu, D. Márcia perguntou:

— Vamos agora, Sr. Eduardo?

— E os outros, D. Márcia? Não vão com a gente?

— Ora, Sr. Eduardo, o pessoal sabe onde eu moro. Já é o terceiro aniversário que eu passo aqui, o senhor sabia?

Pegamos um lotação na Praça XV. Chegamos em casa dela já passava das oito e meia. D. Márcia me apresentou à família. Pai, mãe, uma tia solteira, e um irmão mais novo. Às nove horas em ponto chegaram as rosas. Pela cara de espanto de todos eles me pareceu que o presente tinha agradado. D. Márcia sorriu, e prendeu uma rosa no decote. A mãe pegou uma jarra, colocou um ramo em cima da cristaleira, e os outros dois no quarto de D. Márcia. Pouco antes das nove e meia chegaram duas amigas. Quando souberam que eu tinha mandado aquelas rosas, acharam maravilhoso. Fiquei tão encabulado que só soube foi acender um cigarro. Pouco depois a tia avisou que o jantar estava pronto. D. Márcia ajudou a pôr a mesa, e sentamos.

Quase lhe perguntei pelos outros colegas. Mas me lembrei que não era da minha conta, e fiquei calado. Mesmo assim, achei que eles estavam errados em chegar tão tarde. Quando o jantar terminou, D. Márcia me levou ao quarto dela para ver os presentes. Em cima da colcha cor-de-rosa estavam espalhadas mais de dez caixas de vários tamanhos, todas embrulhadas no mesmo papel, e amarradas com as mesmas fitas. Os únicos presentes diferentes eram meus três ramos de rosas. D. Márcia apontou as caixas.

— Não são lindas, Sr. Eduardo?

— São, sim, D. Márcia.

— É que eu tenho muitos amigos, o senhor sabe?

Íamos saindo do quarto quando me lembrei outra vez dos colegas do escritório.

— D. Márcia, será que eles ainda vêm?

— Eles, quem, Sr. Eduardo?

— O pessoal do escritório.

Ela parou junto da porta.

— Sr. Eduardo, eu posso dizer uma coisa pro senhor?

— Claro, D. Márcia.

— É que...

Sorriu como se estivesse encabulada, e me olhou do mesmo jeito.

— Desta vez, o senhor sabe? Papai quis fazer uma festinha assim mais íntima. Aí, como o senhor é meu chefe, e o pessoal já tinha vindo duas vezes aqui em casa, sabe? Desta vez convidei só o senhor. Mas não tem nada não. Amanhã falo com todo mundo, e levo um pedaço de bolo, ou o senhor acha que é melhor não levar, hem, Sr. Eduardo?

— D. Márcia...

Ela sorriu, e voltamos para a sala. Estavam todos sentados em volta do rádio.

— Vamos pra varanda, ou o senhor prefere escutar novela, hem, Sr. Eduardo?

Não me deixou nem responder.

— O senhor sabe? Nós não temos televisão porque mamãe não suporta. Papai já quis comprar, mas mamãe não deixou. Mamãe gosta mesmo é de novelas de rádio. Parece incrível mas é verdade, Sr. Eduardo.

Abriu a porta, e saímos. A casa tinha uma varanda na frente, coberta por um caramanchão de glicínias. Sentamos. A escuridão era quase total, e do jardim vinha um perfume de jasmim muito suave.

— E então, Sr. Eduardo? O senhor gostou da festinha?

Acendi um cigarro. À luz do fósforo vi o rosto dela. D. Márcia sorria.

— Vai ver nem gostou.

— Gostei, sim, D. Márcia.

— O senhor tá dizendo isso só pra me agradar, ou gostou mesmo, hem, Sr. Eduardo?

— Gostei mesmo, D. Márcia. Sinceramente.

Era a primeira vez que ia a uma festa de aniversário sozinho. Assim como também era a primeira vez que conversava a sós com uma moça como D. Márcia. Mas, ao invés de me sentir encabulado, ou tenso, estava completamente à vontade. E o que era ainda mais estranho, estava gostando de estar ali. Sem saber como reiniciar a conversa, falei do perfume do jasmineiro.

— Ah, o senhor gosta? Foi papai que plantou, sabe? Tem dois pés bem aqui junto do caramanchão.

— Eu gosto muito de jasmim.

— Ah, o senhor gosta?

— Muito, D. Márcia. Na nossa antiga casa também tinha um jasmineiro. É o perfume que mais gosto, a senhora sabe? Quando era menino, tinha sempre no quarto uma flor de jasmineiro.

D. Márcia me olhou, e sorriu.

— Por falar em perfume, o senhor sabe que é uma coincidência incrível?

— O quê, D. Márcia?

— Jasmim também é o meu perfume preferido, Sr. Eduardo.

Levantou, e foi no jardim. Quando voltou trazia um ramo de flor jasmineiro no decote.

— Eu adoro este perfume. Mas como o senhor tinha mandado aquelas rosas, aí não usei, sabe?

Só voltamos para a sala quando a mãe nos chamou. Cheguei na pensão já passava das duas da manhã, mas tinha gostado daquele aniversário. E coisa curiosa, ainda mais por ter ido lá sozinho.

14

Pela primeira vez, na manhã seguinte D. Márcia chegou atrasada. Trazia um dos ramos das rosas que eu lhe tinha enviado, e perguntou se as podia colocar em cima da secretária.

— Mas claro, D. Márcia.

— Muito obrigada, Sr. Eduardo. O senhor é muito gentil.

Minutos depois todo mundo sabia que D. Márcia tinha ganho rosas de presente no aniversário. Até Dr. Silveira veio falar com ela, e dar-lhe os parabéns. D. Odete, a secretária do Dr. Honório, também veio falar com D. Márcia.

— Quem foi, hem, Márcia?

— Segredo.

— Fala logo, poxa. Tá todo mundo doido pra saber.

— É mesmo?

Olhei para D. Márcia. Claro que ela podia fazer o mistério que quisesse. O que não estava certo era ainda não ter pedido desculpas ao pessoal. Afinal, tinha dito que ia pedir. D. Odete pegou uma rosa.

— Vamos, Márcia, fala logo. Deixa de fazer doce, poxa.

D. Márcia abriu a bolsa, tirou um vidro de perfume, e colocou uma gota atrás de cada orelha.

— Foi um admirador.

— O perfume também? Que presentão. Sabe de uma coisa? O cara gamou mesmo. Segura ele. Segura ele, que vale a pena. Um perfume desses custa uma nota.

— Eu sempre usei este perfume.

— Eu, hem, Márcia, pra cima de mim?

— Problema seu, Odete.

D. Odete deixou a rosa em cima da mesa, e foi para a sala dela, resmungando. Eu olhava D. Márcia. Mas ela continuou trabalhando como se nada tivesse acontecido, e só naquela manhã notei que D. Márcia usava perfume com essência de jasmim. Os comentários duraram o dia todo. Eu é que ainda não tinha esquecido aquela noite debaixo do caramanchão. Mas como D. Márcia nunca mais tocou no assunto, também não falei nada. Se ela não queria falar, competia a mim respeitar seu silêncio.

Na primeira sexta-feira do mês seguinte D. Márcia voltou a me surpreender. Às cinco e meia me disse que o balancete não ia ficar pronto. Como ele tinha que seguir para Santos no primeiro malote de segunda-feira, eu disse que o terminaria.

— De jeito nenhum, Sr. Eduardo. Eu faço questão de terminar. A culpa foi minha e...

— Culpa nenhuma, D. Márcia. E além do mais é serviço pra mais de duas horas.

— Não tem importância não, Sr. Eduardo. A única coisa que eu peço ao senhor é que me leve depois no lotação. É que fica tarde, sabe?, e...

— D. Márcia, pela minha parte será um prazer levar a senhora. Só não tá certo é a senhora ficar aqui trabalhando fora de horas.

— Ora, Sr. Eduardo, por favor.

Terminamos o balancete já passava das oito e meia. Levei D. Márcia na Praça XV, e não pensei mais no caso. Mas na semana seguinte o balancete voltou a atrasar. Naquele mês todas as sextas-feiras o balancete atrasou. Claro que eu levava D. Márcia na condução, mas aquilo não estava certo. Afinal, não era justo que D. Márcia fizesse serão todas as sextas-feiras só por causa de um balancete. Falei com ela.

— Mas eu não me importo não, Sr. Eduardo. Ganho até hora extra, e tudo mais.

— Mas não tá certo, D. Márcia. Se o serviço aumentou o problema não é da senhora. Segunda-feira vou falar com Dr. Silveira, e botar mais um auxiliar.

— Precisa, não, Sr. Eduardo. E depois eu até já avisei lá em casa, sabe? Agora, se o senhor não quer me levar mais no lotação, aí...

— Bobagem, D. Márcia. Pelo amor de Deus.

A única coisa que deixei de fazer nas sextas-feiras à noite foi tomar chope no Simpatia com os colegas. Mas como o chope era apenas um hábito, foi só trocar um hábito por outro. Dois meses depois já estava tão habituado a levar D. Márcia na Praça XV, que nem sentia falta do chope. Aliás, já nem me lembrava mais dele.

Enquanto esperávamos a condução, conversávamos. No início, eu não gostava de falar de mim. Mas com o passar do tempo comecei a me abrir. E ela própria, quando eu parava com receio de incomodar, me pedia para continuar. D. Márcia não só gostava de me escutar, como também se interessava pelos meus problemas. Só não lhe disse que era formado. Aquele diploma de merda tinha saído para sempre da minha vida. De resto, até de Cunha de Leiradella, e dos meus escritos lhe falei. Mas isso ela não entendeu.

— Sabe, Sr. Eduardo, quando era mocinha, eu também sonhava muito. Uma vez cheguei até a estar apaixonada pelo Tony Curtis. Mas passou, sabe? Agora, eu, se fosse o senhor, inteligente como o senhor é, sabe o que fazia? Me formava, e não demorava muito estava era no lugar do Dr. Silveira. O senhor quer ver? Não demora muito Dr. Honório vai pra Santos. Aí, Dr. Silveira vai pro lugar do Dr. Honório. Agora me diga. O senhor já pensou quem pode ir pro lugar do Dr. Silveira, hem, Sr. Eduardo? Vai ver, o senhor ainda nem pensou.

Não respondi. Não estava interessado em tomar calmantes como Dr. Silveira só para poder aguentar a pressão. Meu interesse, embora D. Márcia não tivesse entendido, era continuar fazendo meu mundo. Eduardo da Cunha Júnior, brasileiro, solteiro, eterna capacidade de quatro salários mínimos.

15

Apesar de D. Márcia não fazer questão de sair tarde todas as sextas-feiras, eu ainda tinha um problema. Seu Agenor, o chefe dos contínuos. Como era ele o encarregado de abrir e fechar o escritório, só podia sair depois que nós saíssemos. No começo não disse nada. Mas como os serões se repetissem, veio falar comigo. Morava em São João de Meriti, e levava mais de duas horas para chegar em casa.

— Pode deixar, Seu Agenor. Eu vou dar um jeito.

A caminho da Praça XV, falei com D. Márcia. Ela não concordou.

— Sabe, Sr. Eduardo, eu acho que Seu Agenor tá certo. Afinal, tá cuidando da vida dele. Mas o senhor tá errado em querer falar com Dr. Silveira por causa disso.

— Porquê, D. Márcia?

— Ora, Sr. Eduardo, porque foi o senhor que pediu que tirassem Seu Silva do setor e ...

Espantei.

— Como é que a senhora sabe disso, D. Márcia?

Ela me olhou, e sorriu.

— Ora, Sr. Eduardo, todo mundo sabe disso.

— Mas isso faz parte da minha ficha confidencial, D. Márcia.

Ela riu.

— Tudo na Brasil-Nacional é confidencial, Sr. Eduardo, ou o senhor não sabe disso? Mas como eu tava dizendo, se o senhor falar com Dr. Silveira, a diretoria não vai gostar.

— Eu não fiz aquilo pra diretoria gos...

— Mas eles tão pensando que o senhor fez.

— D. Márcia.

— Sim, Sr. Eduardo.

— Segunda-feira vou falar com Dr. Silveira. Seu Agenor é que não pode...

— Tem outra solução, Sr. Eduardo.

— Qual, D. Márcia?

— Quem sabe a gente fazendo de outro jeito, não apronta o balancete a tempo? Hem, Sr. Eduardo? Sr. Eduardo, vamos esperar até sexta-feira que vem? Hem?

— Tá certo, D. Márcia. Mas se o balancete não ficar pronto, vou falar com Dr. Silveira. Eu já não acho justo a senhora fazer serão. Mas a senhora concordou, tá certo. Agora, Seu Agenor não tem culpa, D. Márcia. Não é ele que faz nosso trabalho.

— O senhor tá certo, Sr. Eduardo, mas vamos esperar até sexta-feira que vem, tá?

Na sexta-feira seguinte, às cinco e meia em ponto, o balancete estava em cima da minha mesa. No fim do expediente descemos juntos com os colegas. Como já há meses não tomava chope no Simpatia, ainda pensei que alguém nos convidasse. Mas ninguém convidou. Chegamos na calçada, cada um desejou um bom fim de semana, o grupo do chope foi para o Simpatia, e eu e D. Márcia ficamos sozinhos. Na Praça XV, a fila do lotação dobrava a esquina da a Rua Primeiro de Março.

— É que hoje chegamos cedo demais, sabe, Sr. Eduardo? Só depois das oito é que começa melhorando.

Entramos na fila. Quinze minutos depois chegou o primeiro lotação. Enquanto acendia um cigarro calculei a fila. Até chegar nossa vez precisava uns seis ou sete lotações. No mínimo.

— Sr. Eduardo, o senhor ia dizer alguma coisa?

— Eu, D. Márcia?

— O senhor tá tão calado.

— Ora, D. Márcia.

— É que, o senhor sabe? Mamãe sempre diz que até parece que eu adivinho as coisas. Aliás, eu já disse isso pro senhor, lembra? E, agora, ao ver o senhor aí tão calado, pensei que o senhor tinha alguma coisa pra falar.

Sempre que D. Márcia olhava para mim, e sorria, eu a achava bonita. Ruiva, de olhos castanhos, e um sorriso que dava gosto ver.

— Sr. Eduardo, o senhor não vai me dizer o que era?

Continuou sorrindo. Acendi outro cigarro.

— Vamos, Sr. Eduardo, me conte. Ou o senhor tá esquecendo que ainda temos quase duas horas de espera?

Fez uma pausa, e alargou o sorriso.

— Poxa, Sr. Eduardo, será que é tão difícil assim?

— D. Márcia, como é que a senhora adivinhou que...

Ela riu.

— Eu não disse ao senhor que adivinhava as coisas, Sr. Eduardo? Vamos, conte, Sr. Eduardo. Olhe que eu sou curiosa à beça.

— D. Márcia eu não quero que a senhora...

— Sr. Eduardo, então o senhor pensa que eu ia pensar que o senhor ia me dizer uma coisa que eu não gostasse? Até parece que o senhor não me conhece, Sr. Eduardo.

— D. Márcia, o que eu...

Fiz uma pausa, pensando se ela aceitaria o que eu ia dizer.

— Bem. Já que a senhora quer saber, o que eu tava pensando era...

Fiz outra pausa, e puxei uma tragada.

— D. Márcia, por favor, se a senhora achar que é bobagem o que eu vou dizer, por favor, a senhora me manda calar, tá?

Ela riu.

— Sr. Eduardo, o senhor acha que eu não ia ter confiança no senhor? Eu confio no senhor, Sr. Eduardo, e o senhor sabe disso. Ou não sabe, hem, Sr. Eduardo?

— Sei, D. Márcia.

— Ora, Sr. Eduardo, então? Sou eu que tou pedindo ao senhor, poxa.

— Bem, D. Márcia, o que eu tinha pensado, quando chegamos aqui, e vi a fila assim, era convidar a senhora pra ir no cinema.

Ela riu.

— Viu como eu tinha adivinhado?

— A senhora também pensou a mesma coisa, D. Márcia?

— Só não disse pro senhor por que...

Fez uma pausa, e me olhou, sorrindo.

— O senhor quer saber uma coisa, Sr. Eduardo? A primeira pessoa com quem eu saio, lá do escritório, é o senhor. Não tenho nada contra ninguém, me dou bem com todo mundo, mas se a gente sai com alguém nem que seja só pra almoçar, ou coisa assim, o senhor entende? Logo todo mundo pensa que pode abusar.

— D. Márcia, por favor.

— Sr. Eduardo, se eu não tivesse confiança no senhor, não tava aqui com o senhor. Desde a primeira vez que o senhor me trouxe no lotação, que eu vi que o senhor não era igual aos outros. Por isso, quando disse pra papai que tinha que fazer serão às sextas-feiras, e ele me perguntou quem vinha me trazer no lotação, e eu disse que era o senhor, papai não disse mais nada. E olhe que ele só lhe viu uma vez. Ah, mas papai sabe conhecer as pessoas. Sabe mesmo. E eu vou dizer uma coisa pro senhor. Pra falar a verdade, quando tou com o senhor, como agora, por exemplo, pra mim é como se estivesse com papai. Quer dizer, assim segura, o senhor entende? Por isso, não fiquei nada admirada do que o senhor falou, porque eu também tava pensando a mesma coisa. E além do mais não tem nada demais, ou tem, hem, Sr. Eduardo?

Realmente, D. Márcia era uma moça como eu nunca tinha conhecido outra. Precisava de muita segurança para dizer o que ela estava dizendo. De repente lembrei de minha mãe. Se minha mãe tivesse sido como D. Márcia talvez eu tivesse conhecido meu pai. Chegamos na Cinelândia, e entramos no primeiro cinema que vimos. O filme estava no meio. Quando terminou D. Márcia olhou o relógio.

— Ainda é cedo. A fila ainda deve estar enorme.

Já passava das nove quando D. Márcia entrou no lotação. Acenei, e ela retribuiu. Quando cheguei na pensão ainda estava tentando me lembrar do filme que tínhamos visto. Mas por mais que pensasse não consegui lembrar nem do título.

A partir daquela sexta-feira nunca mais os balancetes atrasaram. Como todos os colegas se despediam de nós na calçada, continuamos indo para a Praça XV. De lá é que íamos para a Cinelândia. Uma noite, já na Rua do Ouvidor, D. Márcia me perguntou:

— Sr. Eduardo o senhor acha que vale a pena a gente ir até na Praça XV?

— Vale como, D. Márcia?

— Ora, Sr. Eduardo, se a gente vai daqui pra Praça XV pra depois voltar pra Cinelândia, por quê que a gente não vai logo pra Cinelândia, o senhor não acha?

Na semana seguinte fomos diretos para o cinema. Embora os colegas continuassem não nos convidando para tomar chope no Simpatia, agora, se algum deles se lembrasse de o fazer, duvido que o convite fosse aceito. Eu gostava da companhia de D. Márcia, e ela, ao menos parecia, também gostava de andar comigo.

16

A primeira vez que beijei Márcia foi no cinema Odeon. Foi um beijo rápido, cheio de medo. Mas mesmo assim ela encostou a cabeça no meu ombro, e murmurou.

— Oh, querido.

Até àquela noite nunca tinha beijado uma moça. Aliás, nunca soube como tive coragem de beijar Márcia. Muito tempo depois, ainda lhe perguntava como uma coisa daquelas podia ter acontecido. Ela me olhava, e sorria.

— Você é muito bobinho, Eduardo. Tem coisas que a gente não pensa. Primeiro faz, e depois é que pensa. Você quer ver? Se toda vez que a gente se beija agora, tivesse que pensar antes, metade das vezes a gente nem se beijava, ou será que beijava?

— Mas agora é diferente, Márcia. Agora eu sei que você não se importa.

— Eu me importo, sim, ou você pensa que eu não gosto que você me beije, hem?

As pessoas que sentavam atrás de nós faziam "Chiu!", mas a gente nem ligava. Agora eu sabia que podia beijar

Márcia quando quisesse, e quem não estivesse satisfeito que se mudasse. Há semanas que íamos no cinema todas as noites, e eu nunca tinha dito que gostava dela. Aliás, ela também nunca tinha dito que gostava de mim. Talvez até ela nem soubesse, mas o fato é que tinha feito de mim um homem diferente. E embora fosse comigo no cinema todas as noites, deixasse que a beijasse quantas vezes quisesse, jamais Márcia me disse uma só palavra que me fizesse sentir preso ao que quer que fosse, ou com obrigação de alguma coisa. Me aceitava como eu era, e aceitava as coisas como elas eram, sem nada tentar modificar. Entretanto, se alguém nos visse no cinema, duvido que acreditasse que éramos só amigos.

Um dia falei com Márcia sobre isso. Mas ela disse que não se importava que nos vissem.

— Oh, Eduardo, você acha que alguém tem a ver com a nossa vida, hem?

— Não, Márcia.

— Então?

Márcia era uma moça excepcional. Mesmo correndo o risco de ser vista num cinema beijando um sujeito como eu, que não tinha nenhum compromisso com ela, nem por isso deixava de ir, ou de beijar. Márcia era assim. Fazia porque gostava, quer os outros gostassem quer não. Por isso, sempre que pensava nas muitas noites que ainda tínhamos para ir no cinema, uma sensação enorme de tranquilidade me envolvia. Tudo que tinha passado, todos os meus medos, todas as minhas angústias, agora nada valiam comparados com a paz que sentia quando lembrava das nossas idas no cinema. Márcia sorrindo. Márcia me olhando. Márcia me beijando. Márcia tal como era. Bonita, ruiva, de olhos castanhos.

Num dos últimos dias de dezembro, depois de todo mundo se ter despedido na calçada, Márcia me disse:

— Hoje não vamos no cinema.

— Aconteceu alguma coisa, Márcia?

— Wilson faz anos, e você vai jantar lá em casa.

Abriu a bolsa, e me deu um embrulho.

— Toma. É o presente que você vai dar pra Wilson.

— Mas, Márcia...

Ela sorriu.

— Eduardo, você não sabia que ele fazia anos, tá? Aí, eu comprei um par de meias pra você dar pra ele. Você ficou aborrecido?

— Não, não. O que eu queria dizer é que não queria incomodar.

— Quê que é isso, Eduardo? Já falei com mamãe, e papai também achou que você devia ir. Afinal, você só foi lá em casa uma vez, lembra?

Descemos a Rua do Ouvidor de mãos dadas. Como costumávamos ficar dentro do cinema.

— Eduardo, quando você faz anos, hem?

— Por quê que você quer saber?

— Só porque você nunca me disse, bobo.

— Faço em agosto.

— Que dia?

— Seis.

— Poxa, então você é de leão. E do segundo decanato, você sabia?

— E quê que tem isso?

— É que eu sou de gêmeos, e gêmeos é o signo que...

Me espantei.

— Você acredita em horóscopo, Márcia?

Ela parou, me olhou durante alguns instantes, e depois riu.

— Ô, Eduardo, você não viu que eu só tava brincando com você?

Colocou um braço em volta da minha cintura, e me beijou.

— Sabe? Você é um bobo. Um bobo muito grande por nunca me ter dito a data dos teus anos.

Talvez fosse. Mas nunca gostei que soubessem a data do meu aniversário. Desde menino que não gosto. No primeiro aniversário que me lembro meus irmãos estragaram meu bolo. Todo mundo achou engraçado quando eles jogaram tinta de caneta em cima dele. Até minha mãe riu. Mas eu não gostei. E dali em diante nunca mais gostei de bolos, nem de aniversários.

Já próximo de casa, Márcia disse.

— Falei com papai, sabe? Disse a ele que você morava sozinho numa pensão, e que não tinha ninguém com quem passar o Natal. Aí mamãe disse que você podia passar o Natal lá em casa. Você vai, Eduardo?

Passei o Natal em casa dela, e passei também o Ano Novo. Um mês depois Márcia me disse que podia ir almoçar aos domingos. Na semana seguinte fiquei para jantar. Passado o Carnaval, almoçava e jantava também aos sábados.

Márcia era assim. Sem nada impor, sem nada exigir, entrou na minha vida de segunda a domingo. Todos os dias.

17

Casamos em agosto. No dia do meu aniversário. Márcia não abriu mão da data. Semanas antes, Dr. Silveira disse que queria falar comigo no fim do expediente.

— Algum inconveniente, Sr. Eduardo?

— Nenhum, Dr. Silveira.

Na volta do almoço avisei Márcia.

— Ele disse o quê que era?

— Não.

Apesar do nosso relacionamento se ter intensificado com os fins de semana que passava em casa dela, no serviço continuávamos como sempre. Dentro da Brasil-Nacional éramos apenas dois colegas. E ambos fazíamos questão disso. A nossa vida particular era só nossa.

Às seis e meia só Dr. Silveira, Seu Agenor, e eu estávamos no escritório. Esperei Seu Agenor ocupar o lugar de sempre na Recepção, e fui no gabinete do Dr. Silveira.

— Ah, é o senhor, Sr. Eduardo? Por favor, entre. Entre.

— O senhor queria falar comigo, Dr. Silveira?

— Ah, sim, sim. Mas, por favor, sente, Sr. Eduardo. Sente.

Sentei, e acendi um cigarro. Dr. Silveira tirou os óculos, e limpou o rosto. Ainda não tinha começado a suar, mas só o fato de tirar os óculos, e limpar o rosto já era sintoma de nervoso. Colocou os óculos, e me olhou.

— Bem, Sr. Eduardo, o que eu queria falar com o senhor...

Fez uma pausa, e me olhou.

— Quer dizer, o que eu tenho que falar com o senhor é, como dizer, é um assunto, um assunto tão particular que...

Fez outra pausa, tirou os óculos, limpou as lentes com um lenço de papel, e colocou de novo.

— Bem, Sr. Eduardo, como já não é de hoje que a gente se conhece, o melhor para ambos é entrarmos logo no assunto, o senhor concorda?

Não respondi, nem fiz qualquer gesto. Apenas puxei uma tragada profunda, e deixei o fumo sair pelo nariz e pela boca. Dr. Silveira me olhou, e quase meia hora depois conseguiu dizer que tinha chegado ao conhecimento dele que eu e Márcia íamos todas as noites no cinema. E que ele, na posição dele, embora reconhecesse que Márcia era uma funcionária exemplar, e quanto a mim, bem, quanto a mim ele jamais esqueceria o quanto me devia, mas...

— O senhor não me deve nada, Dr. Silveira.

— Devo, e muito, Sr. Eduardo. Mas o senhor sabe, infelizmente cada companhia tem as suas normas, e a Brasil-Nacional tem as suas, o senhor sabe, e a gente tem que as cumprir. De modo que...

Se calou, e passou as mãos no rosto, o suor já escorrendo e encharcando o colarinho da camisa.

— De modo que, Sr. Eduardo...

Me olhou, e abanou a cabeça devagar.

— O senhor nem imagina a minha posição, Sr. Eduardo. E eu só lhe peço que não me interprete mal, mas se eu fizer de conta que não sei de nada, e amanhã acontecer alguma coisa, eu serei conivente, o senhor compreende? E estas coisas sempre se sabem, Sr. Eduardo, o senhor sabe disso.

Fez uma pausa.

— Senhor Eduardo, se o senhor me der a sua palavra de honra que não volta a sair com D. Márcia, talvez eu possa até esquecer, quer dizer, talvez eu possa até fazer de conta que ninguém me disse nada e...

Assombrei. Era inacreditável, era ridículo, era totalmente idiota que uma companhia do porte da Brasil-Nacional, com escritórios no mundo inteiro, se desse ao trabalho de fiscalizar quem ia no cinema, e com quem. Não era possível. Só que era. E tanto era que ali estava Dr. Silveira tremendo, gaguejando, suando, se cagando para me dizer um monte de babaquices. Puta merda. A continuar assim, qualquer dia ainda vinha um memorando, obrigando os homens a usarem ceroulas, como o calhorda do Mr. Smith devia usar lá em Nova Iorque, e as mulheres a trocarem de modess só uma vez por dia para não entupir os banheiros. Puta que pariu.

Se o caso já estava assim só porque nós íamos no cinema, se nos vissem beijar, então, o escritório fechava até as portas, e Mr. Smith morria de vergonha. E eu que ainda pensava que a merda do trabalho era a parte mais importante daquela porra. Puta que pariu, vá ser burro assim lá na casa do caralho, porra. Sabem que mais? Se fodam todos, vão todos tomar no cu. Olhei Dr. Silveira, o merda, o descolhoado, o capachildo. Ele me olhava, suando cada vez mais.

— Então, Sr. Eduardo, o que é que o senhor me diz? Hem?

E ainda olhava para mim, o lambe-cu.

— Sobre, Dr. Silveira?

— Sobre me dar a sua palavra de honra que o senhor e D. Márcia não vão mais...

A raiva era tanta que minha vontade era mandar tudo à puta que pariu, e ir junto só para deixar de ser imbecil, burro, debiloide, calhorda, babaca, burraldão.

— Hem, Sr. Eduardo?

A voz do Dr. Silveira era tão fodida, que até parecia que era ele que ia com Márcia no cinema, e ali bem na frente dele, em vez de mim, estava Mr. Smith, as ceroulas mijadas de vergonha, a Bíblia numa mão e na outra o boletim das cotações da bolsa, as ações despencando no abismo do pecado só porque dois merdas de dois funcionários acharam que podiam ir no cinema juntos, na frente de todo mundo, em vez de irem para um motel sem ninguém ver, e trepar até o cu fazer bico. Cambada de calhordas.

Mas não adiantava xingar. Nem a minha, nem a mãe dos outros. A única culpa do Dr. Silveira era não mandar o dedo-duro à puta que o pariu, em vez de ficar ali repetindo "Hem, Sr. Eduardo?", "Hem, Sr. Eduardo?", feito que nem um gramofone de boteco. Acendi um cigarro, puxei uma tragada, e olhei Dr. Silveira.

— Dr. Silveira, há uma coisa que não lhe disseram, e que o senhor precisa saber.

Fiz uma pausa, e olhei-o bem nos olhos.

— Dr. Silveira, D. Márcia e eu vamos casar.

Não era aquilo que eu queria dizer. Aliás, nem sabia se Márcia queria casar comigo. O que eu queria dizer ao lambe-cu é que para nós o fato de irmos no cinema não tinha nada demais. Muito mais importante era o que sentíamos indo no cinema. Isso é que era importante, e era o que eu queria dizer ao capachildo. Mas na hora saiu diferente, e não tive como.

Dr. Silveira ficou tão espantado que limpou os óculos com os dedos, olhando para mim, a boca aberta como se tivesse visto Mr. Smith entrar no escritório, e de repente se levantou, e me abraçou.

— Mas isso é maravilhoso, Sr. Eduardo. Maravilhoso. Sinceramente, maravilhoso.

Pegou minha mão, e sacudiu como se estivesse cumprimentando o seu melhor amigo.

— E sendo assim, como já não existe mais problema, os meus parabéns, Sr. Eduardo. Os meus sinceros parabéns. E a D. Márcia também, por favor.

Deixei Dr. Silveira sacudir minha mão até cansar.

— Sr. Eduardo, em nome da Brasil-Nacional, e em meu nome, mais uma vez os nossos sinceros parabéns.

— Obrigado, Dr. Silveira.

E doido por me ver livre de tanto perdigoto, e tanta babaquice, saí. Na Recepção, Seu Agenor dormia sentado numa cadeira. Quase o acordei. Comparado comigo, Seu Agenor era um sujeito mais do que feliz. Já era casado antes de entrar para a Brasil-Nacional, e lá em São João de Meriti ninguém lhe pendurava no bigode a vergonha das ceroulas do calhorda Mr. Smith.

18

Naquela noite, quando cheguei em casa de Márcia, só D. Augusta estava acordada, escutando rádio. Abriu a porta, mas não me mandou entrar. Sentei debaixo do caramanchão, e acendi um cigarro. Márcia apareceu pouco depois.

— Quê que foi, Eduardo? Aconteceu alguma coisa?

— Márcia, eu preciso falar com você. Dr. Silveira...

— Ele não falou com você?

— Falou. Só que...

— Quê que ele falou? Disse alguma...

— Disse um monte de besteiras. Disse que...

Minha nossa, como poderia dizer a Márcia que o lambe-cu tinha dito um monte de besteiras, se a besteira maior tinha sido dita por mim? Mas Márcia não me deu nem tempo de pensar. Pegou minha mão, e apertou como se a salvação do mundo dependesse do que o lambe-cu me tinha dito.

— Quê que foi que ele disse, Eduardo? Fala.

— Olha, Márcia, quem disse a maior besteira fui eu.

— Mas o quê que ele disse? Eu quero saber é o quê que ele disse, Eduardo.

— Disse que todo mundo já sabia que nós saíamos juntos.

— Só isso?

— Não.

— Então fala, Eduardo.

— Disse que a gente só podia continuar na Brasil-Nacional se deixasse de sair junto.

— E você disse o quê?

— Aí é que tá. Quando escutei aquilo, disse a maior besteira.

— Xingou ele, Eduardo?

— Não. Xingar, não xinguei, mas disse a maior besteira.

— Maior besteira? Que besteira que você disse, Eduardo?

— Eu disse a ele que...

Deus do céu, como poderia dizer a Márcia, sem ela saber de nada, que tinha dito que íamos nos casar?

— Quê que foi que você disse, Eduardo? Fala, pelo amor de Deus.

— Olha, Márcia, ele disse tanta besteira, que eu não tive outro jeito.

— Quê que você fez, Eduardo? Fala.

— Ele falou tanto, que eu não tive outro jeito. Disse a ele que a gente ia se casar, e...

Não pude nem terminar. Márcia me abraçou, me beijou, sentou no meu colo, e chamou a mãe. Eu estava tão atordoado que nem vi D. Augusta chegar. Márcia levantou, e abraçou-a.

— Oh, mamãe, eu tou tão feliz, tão feliz. Finalmente, mamãe. Finalmente.

D. Augusta chamou Seu João, D. Arminda, e Wilson. Márcia deu a notícia a todos, e fez questão que eu tomasse um cafezinho. Nunca gostei de café, mas nem me lembrei de agradecer, e dizer que não tomava. Para dizer a verdade, eu não estava só atordoado. Estava também emocionado. Afinal, Márcia também gostava de mim. Caso contrário não aceitaria casar comigo, mesmo que um de nós tivesse que sair da Brasil-Nacional.

D. Arminda serviu o café, Seu João falou qualquer coisa sobre o noivado, D. Augusta disse que os noivados já não estavam muito em moda, e ficou combinado que a gente podia casar quando quisesse. No dia seguinte Márcia pediu demissão, e um mês e meio depois nos casamos. Dr. Silveira e a esposa, D. Wilma, foram meus padrinhos.

— Viu, bem, como eles são cem por cento? - disse Márcia ao ler o cartão que a Brasil-Nacional tinha mandado junto com o aparelho de jantar. - Deram até oito dias de licença pra você, poxa.

Passamos a lua de mel em Paquetá. Eu não conhecia Paquetá. Como também ainda não conheço o Pão de Açúcar, o Maracanã, ou o Cristo Redentor. Mas como D. Augusta e Seu João tinham passado a lua de mel em Paquetá, Márcia quis passar lá também a nossa.

— Bem, mamãe diz que lá é maravilhoso. Vamos? Ah, vamos sim.

Concordei em ir para Paquetá como teria concordado em ir para qualquer outro lugar. O lugar não importava. O importante era a gente se sentir bem. E naquele momento eu me sentia bem em qualquer lugar desde que tivesse Márcia do meu lado.

Dr. Silveira, ao saber que íamos para Paquetá, disse que também tinha passado a lua de mel dele lá, e fez questão de reservar o hotel. Disse que Paquetá era maravilhosa, e que nós iríamos adorar nossa lua de mel. Só não disse que pagaria todas as despesas. Eu próprio só soube quando pedi a conta, e o gerente do hotel me disse que estava tudo pago. Apesar de ser o que era, um merda, um descolhoado, um capachildo, um lambe-cu, Dr. Silveira se portou como um amigo. Fez questão de ser meu padrinho, fez questão de me dar o terno de casamento, e ainda pagou a conta do hotel. E o fato de me ter dito aquilo naquela noite foi até bom. Se não me tivesse falado talvez eu nunca tivesse casado com Márcia.

Quando chegamos no hotel todo mundo sabia que estávamos em lua de mel. Dr. Silveira tinha feito questão disso, e Márcia achou a ideia maravilhosa. Descemos para jantar com meia hora de atraso. Márcia entrou no salão sorrindo, olhando as mesas uma por uma, feliz porque todos estavam olhando para nós, e nós éramos o único casal em lua de mel. Por mim, teríamos jantado no quarto, mas Márcia não quis nem escutar.

— Bem, não tá certo a gente não jantar lá em baixo. Eles arrumaram uma mesa só pra nós. E depois não é só isso, bem, a gente tá em lua de mel, poxa. Vamos, bota uma gravata, e veste um paletó.

Botei a gravata, vesti o paletó, e descemos. Márcia, toda de branco, desceu as escadas do salão como se aquela gente toda estivesse ali só para nos ver. Passou por entre as mesas distribuindo sorrisos, um garçom na frente indicando o caminho. A nossa mesa ficava bem no meio, com uma vela cor de rosa acesa. Quase desisti de sentar com todo aquele pessoal nos olhando. Mas Márcia achou lindo tudo aquilo, e ainda leu em voz alta o cartão que estava em cima da mesa. "Muitas felicidades ao jovem casal, são os votos da gerência." Em algumas mesas bateram palmas. Nunca gostei de ser alvo de atenções, e achei aquilo de um ridículo atroz. Mas já que Márcia estava feliz o jeito foi sorrir também. E quando ela me perguntou se eu estava feliz nem hesitei.

— Muito.

— Eles não foram gentis, hem, bem?

— Foram, sim.

Nos dias que estivemos em Paquetá, não fosse a forma como as noites se passaram, eu diria que tínhamos ido lá fazer um levantamento topográfico. Em seis dias, a pé ou de charrete, não deixamos um só metro quadrado da ilha por visitar. Márcia nunca se cansava de dizer, sempre que subíamos um morro, ou chegávamos a alguma praia:

— Bem, sinceramente, você não acha isto lindo?

— Acho, sim.

Mas não gostei de Paquetá. Ao menos, da forma como aqueles seis dias se passaram. Ao nascer do dia, exatamente na hora em que mais gostava de ficar na cama, Márcia me acordava, pronta para trepar. E uma hora depois lá íamos nós subir morros a pé, ou visitar praias de charrete.

— Bem, a gente tem que aproveitar, sabe? Nós não vamos ficar aqui a vida toda.

Quando chegava a hora do almoço, mesmo que estivéssemos do outro lado da ilha, vínhamos almoçar no hotel.

— Márcia, porquê que a gente não almoça por aqui mesmo, hem?

— Ô, bem, e pra quê que a gente vai gastar dinheiro à toa, se a comida já tá paga no hotel, hem? Ou você pensa que eles não vão cobrar tudo isto no fim? Vão, sim.

A lógica de Márcia era perfeita. Só que para mim aquilo não tinha o menor significado. O fato de o almoço já estar pago no hotel não nos obrigava a ir almoçar lá. Principalmente se depois de almoçar voltávamos para o mesmo lugar, para continuar a exploração da ilha. Mas como Márcia ficava satisfeita fazendo as coisas daquele jeito, íamos sempre almoçar no hotel, mesmo que chegássemos até com mais de uma hora de atraso. Como estávamos em lua de mel o pessoal não ligava. Mas mesmo assim eu sempre dava uma boa gorjeta ao garçom para compensar. Márcia não concordava. Achava que no fim tudo aquilo ia ser apresentado na conta.

— Márcia, se eu tivesse no lugar dele também gostaria que fizessem isso comigo.

— Mas, bem, eles tão aqui pra isso mesmo.

À noite nunca saíamos. Logo depois do jantar subíamos para o quarto. Durante o tempo que andamos pelos cinemas, o mais que fizemos foi beijar. Só uma vez, pouco antes do casamento, em casa dela, debaixo do caramanchão, é que lhe passei a mão nos seios. Mas, apesar de estarmos já de casamento marcado, foi ainda com um certo medo que o fiz. Não sabia como ela ia reagir.

Desapertei o primeiro botão da blusa bem devagar, aparentando a maior indiferença. Ela estava sem sutiã, e também fez de conta que não sentiu a minha mão. O segundo botão já foi mais rápido. E quando, tremendo, coloquei a mão num dos seios, Márcia estremeceu, e de repente, para meu espanto, abriu a blusa, puxou minha cabeça sobre os seios, desabotoou minhas calças, e em segundos estava me masturbando furiosamente e me empurrando um seio pela boca a dentro, quase me sufocando. Quando começou a gemer, abriu as pernas, levantou a saia, e colocou uma das minhas mãos por cima da calcinha. Gozamos logo em seguida. Ela quase gritando, e eu espantadíssimo por tudo ter acontecido daquele jeito. A não ser os beijos nos cinemas, aquela foi a primeira vez que gozamos. Por isso, quando nos vimos sós dentro do quarto, éramos completamente desconhecidos um para o outro.

Entramos, eu fechei a porta, e ainda estava acendendo um cigarro, e já Márcia tinha tomado o anticoncepcional. Se despiu rapidamente, tirou o cigarro da minha boca, e arrancou a minha roupa. Minutos depois já rolávamos em cima da cama, Márcia cravando as unhas nas minhas costas, e gritando, mais, mais, enfia tudo, enfia tudo.

Todas as noites a cena se repetia. Márcia tomava o anticoncepcional correndo, se despia, e acabava de me despir. E até que ficasse satisfeita nunca desistia. Se eu gozava primeiro, ela não parava. Continuava me excitando até poder gozar também. E o pior é que nunca queria gozar uma vez só. Mesmo de madrugada, quando acordava para ir no banheiro, não descansava enquanto não pudesse gozar de novo. Fosse de que jeito fosse. Trepando, de língua, ou até de dedo.

Durante seis noites as nossas relações foram assim. Márcia era terrível. Chegava até a assustar, principalmente quando metia a cabeça entre minhas pernas, e meu pau tinha que ficar duro. Uma noite, enquanto ela bufava entre as minhas pernas, me excitando pela terceira ou quarta vez, cheguei a me perguntar onde é que ela tinha aprendido tudo aquilo. Será que uma vez só, aquela debaixo do caramanchão, tinha desencadeado tanta excitação? Não cheguei a nenhuma conclusão porque não tive tempo nem de pensar. Gozei justo,

justo, no momento em que ela me esmagou os bagos, e mordeu meu pau.

E o pior é que mal o dia nascia, lá estava ela em cima de mim outra vez, e meu pau tinha que ficar duro. Márcia era terrível. Ou trepávamos ali mesmo na cama, ou trepávamos no banheiro enquanto tomávamos banho. E sempre que chamavam para o café, já ela estava pronta, fresca, sorrindo, satisfeita, como se tivesse dormido a noite inteira. Eu é que me danava. Descia para o salão ainda meio tonto, caindo de sono. E mal tomávamos café, lá íamos outra vez subir morros a pé, ou visitar praias de charrete.

Talvez eu não tivesse gostado de Paquetá por causa disso. Não estava habituado a passar as noites acordado, metade em cima, metade por baixo dela, e os dias subindo ou descendo morros, e correndo de praia em praia sem nem poder dormir. Mas, de qualquer forma, meu mundo estava feito. Agora, era viver da melhor forma possível. "Por toda a vida", conforme tinha dito o padre que nos casou lá naquela igreja de Vaz Lobo.

19

Regressamos ao Rio dois dias antes de terminar minha licença. Quando o casamento foi marcado, ficou decidido que moraríamos com D. Augusta e Seu João até que nossa situação melhorasse.

Mas para mim era indiferente. Morar em casa dos pais de Márcia, ou morar em qualquer outro lugar, era a mesma coisa. O importante era meu mundo. E agora que meu mundo era Márcia, o resto viria depois. E estaria ótimo, como, e quando chegasse.

No dia seguinte de manhã fomos apanhar o resto das minhas coisas na pensão. Roupa e livros. Era a primeira vez que Márcia lá ia. D. Clarinda achou Márcia uma lindeza, palavras dela, e conversaram o tempo todo enquanto eu arrumava minhas malas.

— Deixe, menina, deixe que eu lhe conte cá uma coisa. A menina fez um casamento de truz, ora se fez, benza-a Deus. Rapaz igual aqui ao Dr. Eduardo ainda está para nascer outro. E não é por estar aqui na presença dele que eu digo isto, não senhora. O que eu estou a dizer-lhe agora, menina, já o disse em pessoa ao Dr. Eduardo muitas vezes. Ele aí está vivo e são para o dizer.

Quando D. Clarinda disse, e depois repetiu a palavra doutor, disfarçadamente, olhei para Márcia. Por momentos pensei que ela fosse dizer alguma coisa. Xinguei a parentela toda até na quinta geração por não me ter lembrado que D. Clarinda me chamaria doutor quando lá fosse. O certo seria não ter levado Márcia. Só que agora não tinha mais jeito. Olhei Márcia de novo, mas ela continuou escutando D. Clarinda como se nada tivesse acontecido. Arrumadas as malas, D. Clarinda me abraçou, chorou, abraçou Márcia ainda chorando, e sempre chorando veio até na porta da rua se despedir. Quando o táxi partiu D. Clarinda ainda chorava, acenando com a mão.

As roupas foram guardadas, metade no nosso quarto, a outra metade no quarto de D. Augusta. Os livros ficaram no nosso quarto, em cima do guarda-roupa. Aberta a última mala, quando Márcia encontrou as agendas onde estavam anotados os filmes que eu tinha visto, e os escritos de Cunha de Leiradella, perguntou.

— Bem, quê que é isto, hem?

— Nada. Bobagem.

Folheou uma das agendas, e me olhou.

— Bem, você também escreve diário, é?

— Não.

— Posso jogar fora então?

— Não. São anotações.

Ela encolheu os ombros, e jogou as agendas em cima da cama. Guardei tudo na gaveta da mesinha de cabeceira, e fomos almoçar. Seu João não parou de falar de Paquetá. Repetiu tudo que já tinha dito no dia anterior, eu me esforçando por escutar com a maior atenção. D. Augusta interrompia para perguntar a Márcia se tudo tinha corrido bem, e se ela tinha feito tudo certo. Márcia, sorrindo, respondia:

— Claro, mamãe. Foi tudo maravilhoso, não foi, bem?

Eu sorria, e continuava escutando Seu João. No fim do almoço fomos sentar na varanda. Desde que os conhecia que sempre me lembrava de ver Seu João sentar na varanda depois do almoço. Levava um baralho de cartas, e fazia paciência a tarde inteira. Às vezes, quando D. Augusta, Márcia, e D. Arminda ficavam lá dentro conversando, eu jogava buraco com ele. E aí Seu João era outro. Seu João falava, Seu João ria, Seu João contava até piada. Mas logo que alguém vinha para a varanda, Seu João se calava. Terminava o jogo na mesma hora, e voltava a fazer paciência.

Isto aconteceu todas as vezes que almocei lá. Por isso, naquele dia, não estranhei quando viemos sentar na varanda. Seu João com o baralho, D. Augusta com o tricô, e Márcia com uma revista. A única diferença foi que Márcia, em vez de sentar numa cadeira do meu lado, sentou no meu colo. D. Arminda, como sempre, ficou na cozinha lavando a louça.

Ficamos assim mais de uma hora, até que D. Arminda veio também sentar junto da cadeira de D. Augusta. Mas o silêncio continuou. D. Augusta tricotando, Seu João fazendo paciência, D. Arminda cochilando, Márcia fazendo cosquinhas na minha nuca, e eu fumando. Já estava quase cochilando quando Márcia parou, jogou a revista em cima da mesa, e disse.

— Papai, o senhor sabe que Eduardo é doutor?

Todos olharam Márcia. D. Augusta parou as agulhas no ar, Seu João deixou cair uma carta no chão, e até D. Arminda acordou. Márcia sorriu.

— Verdade. A dona da pensão foi quem disse. Não foi, bem? Hem?

Todos me olharam. Só Márcia continuou sorrindo, e recomeçou a fazer cosquinhas na minha nuca. Tive vontade de levantar, e sumir. Mas se o fizesse seria o mesmo que concordar com o que Márcia tinha dito. E doutor eu não voltaria a ser nem fodendo. Aí, procurei dar a minha voz o tom mais natural possível.

— Bobagem de Márcia.

— Deixa disso, bem.

— É, sim, Márcia.

Me voltei para Seu João, e continuei.

— É que D. Clarinda sempre me chamou doutor. Diz que é uso lá na terra dela chamar doutores aos estudantes.

— Mas você não estudou lá no sul, hem, bem?

— Eu? Eu...

D. Augusta franziu a testa.

— Quem é D. Clarinda, Márcia?

— É a dona da pensão onde Eduardo morou, mamãe.

— E chama ele de doutor porquê?

— É que é uso lá na terra dela, D. Augusta.

— Hum.

Márcia parou de fazer cosquinhas na minha nuca.

— Mas, bem, você não estudou lá no sul? Hem?

Olhei Márcia. Continuava sorrindo.

— Estudei no sul, mas terminei o científico aqui.

Embora ninguém dissesse mais nada, a impressão que tive foi que alguma coisa tinha quebrado em algum lugar. Olhei Márcia de novo. O mesmo sorriso. Olhei os outros. Tudo igual. D. Augusta tricotando, Seu João fazendo paciência, e D. Arminda já cochilando outra vez. Parecia que nada tinha acontecido. Mas eu sabia que tinha. Em algum lugar tinha quebrado alguma coisa. Debaixo dos meus pés, ou em cima da minha cabeça, e meu mundo já não era mais o mesmo. Ao menos, dentro de mim.

20

No dia seguinte cheguei cedo no escritório. Em cima da minha mesa estava um bilhete do Dr. Silveira. Fui direto no gabinete dele.

— Mas que prazer, Sr. Eduardo. Mas que prazer.

— Da mesma forma, Dr. Silveira.

— E então? Como é que fomos de lua de mel?

— Tudo bem, Dr. Silveira.

— D. Márcia?

— Bem, muito obrigado.

— Gostaram de Paquetá?

— Márcia adorou.

— Paquetá é uma coisa maravilhosa. Paquetá é...

— Dr. Silveira.

— Sim, Sr. Eduardo. Ah, o senhor me desculpe, mas sempre que eu me lembro de Paquetá, eu...

— O caso, Dr. Silveira...

— Algum problema, Sr. Eduardo?

— Não, não. Problema nenhum, Dr. Silveira. Eu é que queria agradecer ao senhor o caso do hotel.

— Ora, Sr. Eduardo, agradecer coisa nenhuma, o prazer foi meu. E, por falar nisso, correu tudo bem?

— Tudo ótimo, Dr. Silveira.

— D. Márcia gostou?

— Achou maravilhoso.

— Ótimo. Ótimo.

Acendi um cigarro.

— Como vão as coisas por aqui, Dr. Silveira?

— Tudo bem, Sr. Eduardo. Graças a Deus, tudo bem. Ah, por falar nisso, o senhor já tem uma datilógrafa permanente no setor. Como o senhor sabe, quando D. Márcia nos deixou, D. Sílvia foi para lá a título precário. Mas o Departamento do Pessoal já colocou uma permanente. D. Sílvia diz que ela é excelente datilógrafa, mas eu gostaria de ter sua opinião pessoal, o senhor concorda, Sr. Eduardo?

— Claro, Dr. Silveira.

Pediu à telefonista que mandasse entrar D. Ivete. Pouco depois entrou uma moça magra, loura, de óculos. Dr. Silveira fez as apresentações, e ela se retirou. Disse que lhe daria minha opinião no dia seguinte, e voltei para minha mesa. Os colegas, conforme chegavam, iam me dar os parabéns, dizer algumas piadas, e perguntar por Márcia.

— Tudo bem, obrigado. Ela manda lembranças.

Meia hora depois o escritório voltou à rotina. No fim do expediente D. Ivete veio falar comigo.

— Como é que o senhor acha que eu fui, Sr. Eduardo?

— Muito bem, D. Ivete.

— O senhor acha mesmo, é?

— Se não achasse, não diria pra senhora.

— Muito obrigada, Sr. Eduardo. Boa-noite.

— Boa-noite, D. Ivete.

Quando cheguei Márcia me esperava na porta do jardim.

— Oi, bem. Tudo bem?

Me beijou, e eu correspondi.

— Tudo bem. Só a viagem é que é horrível.

— Depois você acostuma.

— Tomara.

— Acostuma, sim. Eu não acostumei?

Nos beijamos de novo, e entramos. O rádio estava ligado, todos escutando novela, só esperando minha chegada para jantar. Jantamos em silêncio. D. Augusta, Seu João e D. Arminda, todos atentos à novela.

— Bem, você tem alguma coisa?

— Não.

— Comeu tão pouco.

— Tou cansado.

— Só?

— Arrasado.

— Isso passa, bem.

Márcia sorriu, e sentou no meu colo. Passados momentos perguntou.

— Vamos lá pra fora?

— Vamos.

Eu queria mesmo era deitar. Dormir. Apagar. Mas não quis desapontar Márcia. Sentamos debaixo do caramanchão. Ela sentou no meu colo. Acendi um cigarro, e ficamos em silêncio.

— Pensando em quê, bem?

Sorri, e passei a mão no rosto dela.

— Nada.

— Você tá tão calado.

— Pensando em você.

Ela reclinou a cabeça no meu ombro. Puxei uma tragada profunda, e joguei o cigarro no chão. Embora a noite estivesse calma, e o perfume do jasmineiro fosse agradável, comecei a levantar. Estava morto de sono.

— Já quer deitar, bem?

— Tou morrendo de sono, Márcia.

— Então vamos.

Naquela noite Márcia fez o que já tinha feito em todas as outras noites. Eu estava caindo aos pedaços, mal podendo abrir os olhos, mas mesmo assim ela conseguiu fazer com que trepássemos três vezes. A primeira, às dez horas, quando deitamos. A segunda, às duas horas, quando ela acordou, e foi no banheiro. A terceira, às quatro horas, quando o cachorro do vizinho começou a latir, e acordou todo mundo.

Levantei às seis, mais cansado do que quando tinha deitado. Entrei num chuveiro frio, mas nem mesmo a água gelada cortou meu sono. Márcia levantou junto comigo, botou o café, me beijou na porta da sala, e disse no meu ouvido.

— Bem, agora adivinha o quê que eu vou fazer. Adivinha.

— Dormir.

— Ô, bem, vou é sonhar com você, poxa.

Entrei no lotação, sentei, e só acordei no ponto final. E mesmo assim porque o motorista bateu nas minhas costas, senão teria dormido ali o dia todo.

21

O primeiro problema surgiu na tarde do sábado seguinte. No fim do almoço, em vez de sentar na varanda, eu disse a Márcia.

— Márcia, hoje não vou sentar lá fora.

— Porquê, bem?

— Tou que tou, caindo pelas tabelas.

— É mesmo, bem?

— Vou deitar um pouco.

— Então eu também vou.

Estava tão cansado que me joguei vestido em cima da cama. Queria era dormir. Apagar, e só acordar na segunda-feira de manhã. Meu cansaço era tanto que nem força tive para reclamar quando Márcia começou desabotoando minhas calças. Só senti que ela também estava nua quando se jogou em cima de mim. Nem abri os olhos.

— Não, Márcia.

— Bem, acorda. Acorda, bem.

— Márcia.

— Acorda, bem.

— Márcia.

— Quê que é, bem?

— Me deixa.

— Bem.

— Me larga, pelo amor de Deus.

Márcia parou de repente, se vestiu, e saiu do quarto. Continuei deitado, nu, em cima da cama. Quanto senti frio me meti debaixo das cobertas, e dormi a tarde toda. À noite Márcia não apareceu. D. Arminda é que veio me chamar para jantar.

— Onde tá Márcia, D. Arminda?

— Tá lá fora.

— Já jantaram?

Ela saiu sem responder. Ainda com sono, me vesti, e fui para a sala. Márcia não falou comigo durante todo o jantar. No fim, em vez de irmos para a varanda, Márcia ficou na sala escutando novela. Dei boa-noite a todos, e voltei para o quarto. Não sei a que horas Márcia deitou. Não me acordou. Na manhã seguinte, quando acordei, já Márcia tinha levantado. Perguntei a D. Arminda onde ela estava.

— Foi na feira com Augusta.

Tomei café, e voltei para a cama. Acordei ao meio-dia. Márcia estava sentada na beira da cama, soluçando. Joguei meus braços nos ombros dela.

— Vem cá. Quê que você tem, hem?

— Ontem você foi ruim comigo.

— Bobagem.

— Foi, sim.

— Eu tava cansado, Márcia. Você é que não percebeu.

— Percebi, sim. Você foi ruim comigo.

— Bobagem, Márcia. Vem cá, vem.

Puxei seu corpo, e a beijei. No início ela relutou, mas depois se deixou cair em cima da cama.

— Boba. E só por isso precisa chorar, é?

— Você foi ruim comigo.

Só saímos do quarto três horas depois. Quando entramos na sala D. Augusta nos olhou, e sorriu.

— Pensei que vos tivesse de levar o almoço na cama.

Márcia riu.

— Ô, mamãe, com este frio não tem coisa melhor do que a cama. Não é, bem?

Passamos a tarde na varanda, como sempre. À noite Márcia quis ir no cinema. Fomos no Regência, em Cascadura. Quando voltamos Seu João ainda estava escutando rádio.

— Papai, o senhor ainda tá acordado? Já é quase uma hora.

— É sua mãe.

— Quê que mamãe tem?

— Hoje tá com as dela.

— Foi Wilson?

— Deixa, minha filha, deixa. Vão dormir, vão.

Entramos, e Seu João ainda ficou na sala escutando rádio. Apesar de conviver há bastante tempo com eles, naquele momento senti que ainda me faltava muito para os conhecer a todos. A própria Márcia, apesar de lidar com ela há anos, a cada dia que passava eu descobria nela coisas novas. E se gostava de algumas, outras eu detestava. Principalmente quando ela tentava me modificar. Pequenas coisas, claro. Mas o que me danava era o valor que Márcia lhes dava. Sempre gostei de ler antes de dormir. Mesmo nos piores dias de crise sempre lia ao menos meia hora antes de adormecer. Mas Márcia não gostava que eu lesse. E não adiantava nem falar. Se pegava um livro ela apagava a luz, e dizia que já eram horas de dormir. Às vezes ia ler no banheiro. Mas também não adiantava. Márcia entrava, e ou eu ia para a cama, ou a gente trepava ali mesmo. Para ela, quem estava disposto a sentar no banheiro, e ler, também podia trepar. E não deixava opção. Ou trepava, ou deitava, e trepava do mesmo jeito. Entretanto, se eu não gostava de alguma coisa que ela fazia, Márcia simplesmente emburrava. Márcia não aceitava a menor crítica, mas eu tinha que aceitar as críticas dela. Sempre gostei de moça usando calça comprida. Márcia não. Um dia perguntei porquê.

— Porque não.

— Mas porquê?

— Porque eu não gosto.

— Márcia...

— E porquê que você tá perguntando, hem?

— Porque eu gostava que você usasse.

— Não fica bem.

— A você?

— A mim, e a qualquer moça direita.

E nunca usou. Entretanto, no dia em que ela me disse que não gostava do meu bigode, ainda estávamos em lua de mel, tive que cortar. Não que eu fizesse muita questão de usar bigode. Era um hábito como outro qualquer. Mas só o fato de ela me obrigar a cortar só porque lhe fazia cócegas quando nos beijávamos, aquele bigode passou a ter um valor inestimável. Mas não adiantou. Tive que cortar, e nunca mais usei.

Márcia era assim. Gostava de ser como era, mas não admitia que os outros fossem como eram. Eu próprio sabia que era cheio de contradições. Mas não era como Márcia. Nunca quis que ninguém fosse igual a mim. Pelo contrário, sempre quis ser igual aos outros. Mas, apesar de tudo, apesar das minhas manias e das manias de Márcia, ainda assim nosso casamento me fez bem. Não fosse ter conhecido Márcia, e acho que meu mundo jamais se firmaria tanto quanto se firmou. Por isso, apesar de me dar raiva quando ela implicava com minhas manias, e não abria mão das dela, ainda assim o saldo credor era dela. Não fosse a ajuda de Márcia, principalmente antes de casarmos, e talvez eu nunca tivesse chegado onde cheguei dentro do meu mundo.

Por isso, estranhava tanto aquelas posições intransigentes. Nunca fui de reclamar, e uma das coisas que mais me magoava era escutar as reclamações de Márcia. Bobagens, mas que me deixavam danado. E na hora da raiva, reclamava também dela. Aí, cada um tomava a sua própria atitude. Ela ficava sem falar comigo, e chorava, e eu ficava ainda mais danado. Quanto mais ela fazia isso, mais raiva me dava.

Sempre tive certeza que Márcia podia fazer de mim o que quisesse. A necessidade que eu tinha dela era enorme. A maior parte do meu mundo estava assente em cima dela, e eu não a podia perder. Por isso, a maior parte das vezes engolia a raiva, e fazia de conta que nada tinha acontecido. Mas Márcia não entendia que se eu me calava era para não botar mais lenha na fogueira, e continuava. O bigode, os livros, as calças compridas, tudo foram oportunidades que se perderam.

Se em vez de me obrigar, Márcia me deixasse solto, eu teria feito o que ela queria, e teria gostado. Mas, de qualquer forma, pesadas bem as coisas, o saldo credor era dela. Se o balancete do Setor de Contas a Pagar não tivesse atrasado a primeira vez, tenho certeza que não estaria tão bem como estava agora, apesar de tudo.

No meu mundo só Márcia tinha entrada. A família dela existia porque morávamos todos na mesma casa. Mas a vida deles me era completamente indiferente. Só que naquela noite, quando voltamos do cinema, e vi Márcia preocupada com o pai, senti que devia participar um pouco mais. Quem sabe a participação me iria fazer bem? Afinal, eles eram pessoas, e quanto mais pessoas entrassem no meu mundo, mais provada ficava sua consistência. E se Márcia era o que era, era assim por causa deles. Conhecer melhor a família dela, bom seria para todos. Para eles, porque mais participariam do meu mundo, e para mim porque iria conhecer Márcia ainda melhor.

Entramos no quarto, e Márcia foi correndo tomar a pílula. Mas antes que se despisse eu disse:

— Escuta. Você ficou preocupada só porque seu pai não se deitou cedo ou...

Ela não respondeu, e resolvi entrar direto no assunto.

— Quê que há entre seu pai e sua mãe, hem?

Ela tirou o casaco, e pendurou no guarda-roupa. Uma das muitas manias de Márcia era a arrumação, e a limpeza. Tirou a saia, e sentou na cama.

— Bem, você não conhece papai nem mamãe.

— Quê que há com eles?

Ela me olhou fixamente antes de responder.

— Faz muito tempo que eles não se dão bem.

— Nunca notei.

— Aqui em casa você nunca nota nada.

— Noto você.

— Não brinca, bem.

Acendi um cigarro, e sentei do lado dela.

— Sinceramente, Márcia, nunca notei nada. Claro que seu pai não passa as tardes fazendo paciência à toa. Mas isso pode ter mil motivos e...

Ela me olhou, séria.

— Bem, você promete que não vai contar pra ninguém?

— Márcia.

— Promete?

— Claro que prometo.

— Então me dá um cigarro.

Devia ser alguma coisa realmente importante. Márcia raramente fumava. Pegou o meu. Puxou uma tragada, engasgou, tossiu, e pousou-o no cinzeiro.

— Tia Arminda, uma vez, teve que sair de casa.

— D. Arminda?

— É.

— E porquê?

— Tava grávida.

— Tava grávida? E daí?

— Daí? Quê que é isso, bem? Que bobagem é essa?

— Não tou entendendo, Márcia.

Ela pegou o cigarro, e o ritual foi o mesmo. Puxou uma tragada, engasgou, tossiu, e pousou-o no cinzeiro.

— Titia é irmã de mamãe, e tava grávida de papai.

— E como sua mãe...

— Mamãe? Mamãe escutou titia dizer pra papai.

— E você? Como é que você soube?

— Como? Mamãe me contou.

— D. Augusta te...

— É. E quando ela soube, ficou uma fera, e mandou titia pra casa de vovó, lá pra Magé. Titia ficou lá até Wilson nascer.

— Wilson? Wilson, seu irmão?

— É.

— Quer dizer que Wilson...

— É só meu irmão por parte de pai. Bem?

— Quê que é?

— Você jura que não conta nada pra ninguém?

— Já prometi, Márcia.

— Mas você jura?

— Juro.

Márcia sorriu, e continuou.

— Titia ficou em Magé quase dois anos. Mamãe só deixou ela voltar depois que vovó pediu muito. E desde aí, sabe? Papai ficou assim. Papai trabalhava na Central do Brasil, e quando aconteceu aquilo com titia ele tava fazendo um concurso pra passar pra chefe, sabe? Mas aconteceu aquilo, e papai, aí, largou tudo, e nunca mais quis saber de nada. Mamãe quase morreu, dizendo que ele ia trocar um bom ordenado por uma besteira, mas papai não quis nem escutar. Parece que ele gostava mesmo de titia, sabe? E aquilo abalou ele muito. E foi aí que as coisas pioraram. Naquela época a gente morava lá no Encantado, e mamãe tinha dito pra todo mundo que quando papai fosse promovido a gente ia se mudar. Nós morávamos numa vila de portugueses, sabe? Então, quando aquilo aconteceu, ela aproveitou pra obrigar papai a vender a casa. Papai vendeu a casa, mamãe disse pra todo mundo que graças a Deus papai já era chefe, e mudamos de lá. Mamãe não gosta daqui, sabe? Mas como o dinheiro era pouco, não deu pra comprar uma casa em outro lugar. Mas mamãe detesta Madureira. Mas também não foi só por causa de papai largar o tal do concurso que mamãe obrigou ele a vender a outra casa não, sabe?

— Foi porquê?

— Foi por causa de Wilson. A casa do Encantado estava em nome de papai, era herança lá do pai dele, sabe? Aí, quando papai vendeu ela e comprou esta aqui, mamãe obrigou ele a comprar em meu nome.

— Comprar em seu nome, porquê? Eles não são casados?

— São. Mas foi por causa de Wilson, entende? Assim Wilson não tem direito. E depois a gente mudou também porque vovó não largava mamãe, naquela altura Wilson já tinha nascido, sabe? Se a gente continuasse morando no Encantado como ia ser?

— Ia ser como?

— Todo mundo ia saber que Wilson era filho de titia, e que titia não era casada, poxa. Wilson não tinha jeito de ir pro Encantado não, bem.

— Não tinha, porquê? Não veio pra cá?

— Bem, nós morávamos lá fazia um tempão, e todo mundo sabia que mamãe não tava grávida, entendeu? Por isso, quando a gente mudou pra cá, foi que mamãe disse pra todo mundo, os vizinhos daqui, entende? Foi aí que mamãe disse que Wilson era filho dela. Mas ainda demorou mais de ano pra mamãe deixar titia vir. Wilson veio, mas titia só veio muito depois. E veio por causa de vovó. Foi vovó que tanto falou com mamãe, que ela deixou titia vir, senão titia não vinha não. Mas como todo mundo aqui pensava que Wilson era filho de mamãe mesmo, já não tinha mais problema. Mas a partir daí mamãe nunca mais se deu bem com papai.

— E Wilson? Ele sabe?

— Não. Nem mamãe quer que ninguém saiba.

— Mas você sabe.

— Eu sei por causa da casa. Esta casa é minha, bem, ou você já esqueceu? Wilson é meu irmão no papel, e tudo mais, mas a casa é só minha. Foi por isso que mamãe deixou titia vir, e deixou papai registrar Wilson como filho deles.

— E sua tia? Ela sabe?

— Claro que titia sabe.

— Da casa?

— Foi a primeira coisa que mamãe falou pra ela. E disse que se ela contasse pra Wilson, ela botava os dois pra correr.

— E D. Arminda aceitou?

Márcia me olhou, espantada.

— E ela ia pra onde, bem?

— Pra casa de sua avó.

— Vovó já tinha morrido, e a casa de Magé não era dela, era alugada. Titia tinha que ficar aqui mesmo, bem.

Acendi um cigarro, e puxei uma tragada profunda.

— Seu pai vive de quê, hem?

— Agora tá aposentado. Papai se aposentou mais ou menos um ano depois que eu conheci você. Mas a pensão mal dá pra manter a casa. E titia também tem a pensão dela. Quer dizer, a pensão que era de vovô, e que vovó, quando morreu, deixou pra ela. Se não fosse isso, titia tava era na pior mesmo, sabe? Não que eu ache direito o que ela fez. Pra falar a verdade, não acho mesmo. Ela podia gostar de papai, e tudo mais, mas chegar onde chegou, isso eu não acho certo não. Não acho mesmo. Mamãe pode ser o que for, mas nesse ponto ela tá certa. Titia não devia ter feito o que fez. Afinal, mamãe sempre deixou que ela morasse com a gente, entendeu?

Levantei. Márcia tinha razão. Realmente, dentro daquela casa eu não notava nada mesmo.

— E porquê que seu pai tá assim hoje?

— Ah, no mínimo Wilson deve ter feito outra besteira. Aliás, Wilson sempre pensa que pode fazer tudo que quiser. Feito que nem esses gaiatos aí da rua, você entende? E aí titia deve ter botado panos quentes, papai, como sempre, deve ter entrado na briga, e mamãe, pra variar, deve ter trancado a porta do quarto. Às vezes, eu chego a ter pena de papai, sabe?

— Wilson trabalha?

— Bem, você parece que nem mora aqui, poxa.

— Eu mal vejo ele, Márcia. Quando saio ele tá dormindo, quando volto ele ainda não chegou, o quê que você quer que eu veja?

— É isso que dá mais raiva em mamãe, sabe? Mas ela já falou que se Wilson perder outro ano, vai trabalhar.

— Ele estuda o quê?

— Tá terminando o ginásio. Mas já perdeu dois anos, e se não fosse titia andar sempre com mais-mais, e papai também, ele já tava era trabalhando há muito tempo.

Sentei na cama, e Márcia continuou.

— Sabe com que idade eu comecei a trabalhar, bem? Fui de menor. Ainda ia fazer dezesseis anos quando comecei. Papai ficou doente, e a gente precisou de dinheiro. Aí, não teve outro jeito. Larguei o ginásio, e tirei um curso de datilografia aqui em Madureira mesmo. Meu primeiro emprego foi na Casa José Silva, lá no Cais do Porto. E à noite ainda ia pro colégio, pra completar o ginásio. Depois é que arrumei aquele emprego onde conheci você. Eu sempre tive uma vida dura, Eduardo.

Pela primeira vez, depois de casados, ela me chamava pelo nome. Beijei suas mãos, ela sorriu, acabou de se despir, e deitou. Quando voltei do banheiro já ela estava dormindo. Mesmo podendo ler, naquela noite não senti vontade. Fiquei pensando. Ao menos, agora já sabia por que é que D. Arminda mais parecia uma empregada, Seu João só fazia paciência, e Wilson nunca parava em casa.

22

Bem devagar, e principalmente com muito tato, em seis meses consegui convencer Márcia que trepar três vezes por noite, todas as noites, era impossível para quem tinha que levantar às seis horas da manhã.

A primeira vez que falei ela chorou, disse que eu estava era querendo me ver livre dela, e não falou comigo durante dois dias. Mas com paciência, e explicando todos os motivos, consegui fazer um acordo. Uma vez dia sim, dia não. A forra a gente tirava nos fins de semana.

No primeiro fim de semana quase nem saímos do quarto. D. Augusta chegou a pensar que estivéssemos doentes. Mas Márcia conversou com ela, e ela fez questão de nos levar a comida na cama. Durante a semana, Márcia, embora lhe custasse, cumpria o acordo. Às vezes, ainda começava me despindo, mas eu acendia um cigarro, e ela se deitava.

Agora, quando chegava nos fins de semana só saíamos do quarto para almoçar, e jantar. Nem café tomávamos. Ficávamos na cama até na hora do almoço, almoçávamos, e voltávamos para o quarto. No jantar a mesma coisa. De sábado para domingo, então nem dormíamos. De domingo para segunda, como eu tinha que levantar cedo, só duas vezes.

Para uma moça como Márcia, com as ideias que ela tinha, às vezes me espantava o que ela fazia na cama. Quando me via nu Márcia se transformava. Não era mais aquela Márcia que achava que não ficava bem moça direita usar calça comprida, fumar na rua, ou dizer que estava menstruada.

Na cama, Márcia era terrível. Fosse o que fosse, estava sempre disposta a fazer, ou inventar. Língua, dedo, vela, sabonete, qualquer coisa. Mas o acordo era cumprido. Agora só nos dias de. Levei seis meses mas finalmente consegui dormir três noites completas por semana. Segundas, quartas e sextas.

No dia seis de fevereiro fizemos seis meses de casados. Márcia me disse que tinha combinado com D. Augusta fazer uma festinha. Encomendei três dúzias de rosas vermelhas como tinha feito no primeiro aniversário dela. Para evitar imprevistos de última hora avisei Dr. Silveira que precisava sair mais cedo por causa de Márcia. Ele olhou para mim, se levantou, e me abraçou.

— Meus parabéns, Sr. Eduardo. Meus sinceros parabéns. Estimo que seja menino.

Saí do gabinete correndo para não rir da bobagem. D. Ivete, quando me viu rir sozinho, olhou para mim, e sorriu, abanando a cabeça. Mas não disse nada. Às quatro horas o interfone tocou na minha mesa. Era Dr. Silveira.

— Sr. Eduardo, são quatro horas. Com o trânsito do jeito que tá, o senhor corre risco de chegar atrasado. Vá. Vá, e dê meus parabéns a D. Márcia.

Fui para a Livraria São José fazer hora. Se chegasse em casa cedo demais, e dissesse que Dr. Silveira pensava que Márcia estava grávida ninguém ia acreditar. E o pior era que Márcia ainda ia dizer que eu estava inventando toda aquela história só porque ela não queria ter filhos antes de cinco anos. Nunca soube de onde ela tirou a ideia que eu queria filhos. Mas ela estava tão convicta que nunca a consegui convencer do contrário.

Fiquei na livraria até às seis e meia. Quando entrei em casa levei um susto. As rosas estavam espalhadas por toda sala, e a mesa tinha sido arrumada como se fosse ter um banquete. Velas acesas, as melhores louças, talheres, taças para champanhe, e um bolo enorme. Todos sorriam. Até Wilson. Sorri também. Ao menos naquela noite ninguém ia jantar em silêncio, escutando novela no rádio. Sentamos. Só que Márcia, em vez de sentar à minha direita, sentou na minha frente. Como a alegria era geral nem lhe perguntei por que é que tinha mudado de lugar. Depois de cortado o bolo D. Arminda trouxe uma garrafa de champanhe. Seu João fez a rolha estourar, e todos bateram palmas. Wilson estendeu o copo, e levantou. D. Augusta franziu a testa.

— Sente, Wilson. Márcia tem um presente pra Eduardo.

Wilson sentou. Olhei Márcia. Ela sorria. Levantou, tirou um papel do decote, e pediu silêncio embora ninguém estivesse falando. Me olhou, sorriu, e começou lendo: "Por solicitação de D. Márcia Ferreira da Cunha Júnior, comprovadamente esposa do Sr. Eduardo da Cunha Júnior, por meio desta, e só para fins exclusivos de reconhecimento de fato, declaramos que o referido senhor é bacharel em Ciências Jurídicas, formado neste estabelecimento de Ensino Superior no ano de 1960. Faculdade Nacional de Direito."

Todos bateram palmas, e Márcia me estendeu o papel.

— Toma, bem. É seu presente.

Eu estava tão atônito, tão bestificado, que nem pude estender meu braço, e pegar a merda do papel. Márcia deu a volta à mesa, colocou o papel no bolso da minha camisa, e me beijou. Voltou a sentar, e Seu João fez o primeiro brinde. A festa durou até quase meia-noite. Beberam duas garrafas de champanhe, e uma de licor. Como a alegria era geral ninguém se importou comigo. Fui para a varanda, e sentei debaixo do caramanchão. Márcia chegou pouco depois, ainda com um copo na mão.

— Você tá aborrecido, bem?

— Como você conseguiu aquela declaração?

Ela pousou o copo em cima da mesa, e sentou no meu colo. Continuei imóvel, esperando.

— Bem, você lembra do dia em que fomos na pensão buscar o resto das suas coisas? Foi por isso. Passados dias voltei lá, e a tal velhinha me disse que você era doutor de verdade. Só não sabia onde você tinha se formado, mas sabia que você era advogado. Como eu nunca tinha visto seu diploma aqui em casa, resolvi ir na Nacional, que era a mais certa, pra ver se você se tinha formado lá. E não deu outra. Você tinha se formado lá mesmo. Aí, eu que já tava preparada, tinha levado minha carteira de identidade e nossa certidão de casamento, disse pro moço que você tinha saído do Rio e que tinha chegado aqui em casa um ofício do Ministério da Justiça, pedindo pra você apresentar um comprovante da sua formatura pra juntar ao processo do concurso que você tinha feito. O moço, por sinal muito gentil, ficou meio na dúvida. Mas quando eu disse a ele que se você não apresentasse ao menos uma declaração qualquer no dia seguinte, você ia perder a nomeação, aí ele me deu a declaração que eu dei a você. Só disse que ela não tinha valor legal. Mas aí eu disse a ele que aquilo era só enquanto você não chegava, que quando você chegasse você iria logo no Ministério mostrar seu diploma. Aí, quando eu falei aquilo e mostrei nossa certidão de casamento e minha carteira de identidade, ele sentou na máquina, bateu a declaração, e me entregou. Como a gente fazia hoje meio ano de casados, eu pensei, pensei, falei até com mamãe, e achei que era o melhor presente que podia dar pra você. Foi então que mamãe pensou na festinha. Você gostou, bem?

Pela primeira vez, desde que conhecia Márcia, tive vontade de lhe bater. Mas como não ia resolver nada, me levantei, e fui para o quarto. Na sala, o resto da família ainda continuava festejando. Me encostei na janela, e acendi um cigarro. Márcia entrou pouco depois.

— Bem, você ficou zangado? Mas também porquê que você nunca disse que era doutor, hem? Hem? Fala, bem.

Não respondi. Márcia jamais entenderia. Apaguei o cigarro, e comecei me despindo. Ela se despiu também. E embora fosse dia de, dormimos de costas um para o outro. Levei horas para adormecer. Minutos e minutos passavam, e eu não pensava em nada, completamente vazio. Oco. De repente surgia um pensamento que nada tinha a ver, e eu ficava pensando. Depois o pensamento sumia, e eu voltava a não pensar. Estive horas assim. Nem no meu mundo conseguia mais pensar, apesar de o sentir tremer debaixo dos meus pés. Finalmente, completamente esgotado, consegui adormecer.

Naquela noite morreu Cunha de Leiradella. Em seu lugar ficou apenas um merda de um Eduardo da Cunha Júnior, brasileiro, casado, idiota absoluto.

23

Na noite seguinte, quem me convidou para sentar na varanda depois do jantar, foi Seu João. Como eu não tinha a mínima vontade de falar, ficamos muito tempo calados. Fumei nem sei quantos cigarros, e Seu João começou.

— Eduardo, faz tempo que nós sabíamos que você era advogado. Mais de quatro meses. Mas sempre esperamos que você nos dissesse alguma coisa. Augusta, logo que soube, quis falar com você. Eu e Márcia é que não deixamos. Valha a verdade, foi mais Márcia do que eu. Das duas, sinceramente, não sei qual é mais teimosa. Mas seja como for, o caso é que passamos este tempo todo esperando que você dissesse alguma coisa. Como você não falasse nada, aí é que elas resolveram fazer a tal da festinha. Eu bem que vi que você não gostou. E se agora tou aqui falando com você foi porque sua mulher me pediu. Mas se você quer saber minha opinião, eu também acho que você não devia esconder de ninguém que era advogado. Afinal, ser doutor não é vergonha. Mas, enfim, você lá deve ter suas razões. Só que agora, Eduardo, você é um homem casado, um homem de responsabilidades. Por isso, eu digo a você, esse negócio de você esconder de todo mundo que era advogado, principalmente de sua mulher, aqui entre nós, Eduardo, não tá certo não. Afinal, sua mulher é sua mulher, e você sabe disso. Antes de vocês casarem ela era minha filha, mas agora é sua mulher. E depois não é só isso não, Eduardo. Amanhã vêm os filhos, que esse negócio de ela dizer que só quer filhos daqui a cinco anos é bobagem, eu conheço minha filha. Por isso, eu digo a você. Você agora tem é que pensar no futuro. Eu sei que você ainda é moço, mas quando a gente é moço é que deve pensar no futuro. E além do mais, Eduardo, não entra na cabeça de ninguém que você fosse estudar esse tempo todo só pra ser um sujeitinho por aí à toa. Ah, não entra, não. Quer você queira, quer não, Eduardo, você é um advogado. É, sim senhor. Eduardo, você é uma pessoa com grandes condições de subir na vida.

Seu João falou mais de uma hora. Mas para mim foi indiferente. Desde a noite anterior que estava vazio. Oco. Quando terminou, como eu nada dissesse, Seu João tocou no meu braço, e perguntou.

— Quê que você acha do que eu disse, hem, Eduardo?

Que podia achar? Explicar? Dizer quem eu era, e o que queria ser realmente? E será que valeria a pena?

— Se eu fosse o senhor, Seu João, talvez dissesse a mesma coisa.

— Olha, Eduardo, agora que você falou isso, eu vou dizer pra você uma coisa que nunca disse. Muito antes de vocês casarem, quando Márcia uma vez chegou aqui em casa, e disse que tinha arrumado um namorado firme, Augusta armou um banzé dos diabos. Mas eu só disse a ela, minha filha traz ele aqui pra gente conhecer. Foi quando você mandou aquelas rosas, você lembra? Aí, você veio, a gente viu você, e posso dizer uma coisa com sinceridade, todos nós gostamos de você. E quando vocês resolveram casar, que foi quando você passou a vir aqui todos os sábados, lembra? Antes você só vinha aos domingos, todos nós ficamos satisfeitos. Claro que naquela altura ninguém sabia que você era advogado. Mas dava logo pra ver que você era uma pessoa de futuro. Por isso, hoje, eu digo a você, Eduardo, se eu estivesse no seu lugar, e tivesse a sua idade, ah, eu mesmo teria feito meu futuro. Ah, teria.

Pela segunda vez me diziam a mesma coisa. A primeira, uma mulher que nunca me tinha visto, e que nunca mais me viu. A segunda, Seu João. Só que tinha uma diferença. Seu João me conhecia muito pouco, embora eu fosse casado com a filha. E tinha mais. Na mulher eu tinha acreditado, e em Seu João não. Apesar de me ter dito o que disse, ele nunca tinha tido coragem de largar D. Augusta, e ficar com D. Arminda apesar de saber que com D. Augusta ia levar uma vida de merda a vida inteira. Passava da meia-noite quando nos deitamos. Márcia estava acordada, me esperando.

— Papai falou com você, bem?

— Falou.

— Quando você vai na faculdade, hem, bem?

— Qualquer dia.

Márcia me abraçou, e adormeceu logo em seguida apesar de ser dia de. Foi uma noite dura, difícil. Mas ao menos tinha sabido que já estava casado muito antes de imaginar, sequer, que tinha namorada.

Na verdade, apesar de tudo, de todas as lutas, de todas as batalhas, eu nunca tinha feito meu mundo. No duro mesmo, eu nunca consegui foi fazer merda nenhuma. Os outros é que deixavam que eu pensasse que estava conseguindo fazer alguma coisa. Só que é triste quando a gente descobre. A gente fica vazio, oco, e dá é vontade de sumir.

24

Nas noites que se seguiram, fosse dia de ou não, Márcia sempre me perguntava antes de dormir:

— Bem, você já foi na faculdade? Hem, bem?

Até que uma noite não aguentei mais. Era dia de, e ela já estava nua, esperando. Mas eu não me despi. Fiquei só olhando para ela. Até aquele momento sempre tinha visto Márcia como um muro de arrimo do meu mundo, no qual eu me apoiava, e que me fazia sentir bem. E sempre tinha pensado que eu mesmo tinha feito meu mundo com a ajuda de Márcia. Sem ela eu não teria nem começado. E talvez por isso é que nunca a tinha visto como agora. Como ela era. Uma mulher ruiva, baixa, e começando a engordar. Exatamente o tipo de mulher que nunca me tinha seduzido. Ruiva, baixa, e começando a engordar.

Quando ela repetiu a pergunta, olhei-a de novo. Mas não para a ver. Olhei-a só para que ela entendesse que eu não estava disposto a ir na faculdade. Mas ela não entendeu, e continuou falando.

— Bem, mamãe falou ontem comigo, sabe? Ela acha que você não querer ir na faculdade é bobagem. E além do mais eu também acho. Se você não fosse formado, tá certo, você até podia não querer nem estudar. Mas você é formado, Eduardo. E se você é formado, por quê que você não aproveita, hem? Por isso, é que nós queremos que você vá na faculdade, ou lá onde você tem que ir pra poder provar que é formado, você entende? Porque se você não for, você sabe o que vai acontecer, hem?

Eu tinha acendido um cigarro, e olhava pela janela tentando esquecer a Márcia que tinha visto quando entrei no quarto. Ruiva, baixa, e começando a engordar.

— Bem, você não tá interessado no que eu tou falando, tá?

Se ela tivesse entendido, não teria dito mais nada, e talvez nosso mundo ainda pudesse ser reconstruído. Se ela se tivesse calado, talvez no dia seguinte ainda a pudesse ver como sempre tinha visto, apesar das cicatrizes. Mas ela não entendeu, nem se calou.

— Bem, nós tamos casados faz mais de meio ano. E desde que casamos que nós tamos morando aqui. Mas isso não vai poder continuar sempre, ou você acha que vai? Hem?

Joguei o cigarro pela janela, e acendi outro.

— Bem, o que você ganha não dá pra gente alugar uma casa só pra nós. Por isso, você tem que ir na faculdade, e arrumar um cargo melhor lá no escritório. Lá, ou em outro lugar qualquer. É, Eduardo. A gente não pode ficar morando aqui pra sempre. A casa é minha, mas enquanto papai e mamãe não morrerem, são eles que moram aqui. Você tem que entender isso, Eduardo.

Talvez ela tivesse razão. Mas a verdade é que eu nunca tinha pensado que um dia seria obrigado a alugar uma casa. Morar com D. Augusta e Seu João, morar numa casa só nossa, ou morar num quarto de pensão, para mim era igual. O importante era como a gente se sentia, e não o lugar onde morava. Em Botafogo eu tinha morado quase vinte anos, e nunca me tinha sentido em casa. Mas Márcia não pensava assim. E não ia adiantar lhe dizer que ali ou em outro qualquer lugar tudo continuaria igual se a gente não mudasse.

Por isso, naquela noite, quando ela começou a falar é que a vi pela primeira vez como ela era. Ruiva, baixa, e começando a engordar. E o pior é que ela não se calava. Sem entender que a cada palavra que dizia se tornava mais ruiva, mais baixa, e muito mais gorda.

— Bem, você tem alguma coisa? Hem? Fala, bem.

— Não. Não tenho nada.

— Parece que você nem escutou o que eu falei.

— Escutei.

— E então?

— Então, o quê?

— Quando você vai na faculdade?

— Márcia, eu não vou na faculdade.

— Você não vai na faculdade? Você tá é doido.

— Talvez.

Márcia olhou para mim durante alguns segundos, levantou, pôs as mãos nos quadris, e perguntou.

— Você pensa que eu casei com você porquê, hem?

— Não sei.

— Não sabe? Nem imagina não?

Não respondi. Mas não estava interessado em saber, ou sequer imaginar. Queria era deitar, dormir, esquecer. Qualquer coisa menos pensar. Márcia continuou.

— Sabe? Quando você fez aquele programa pro Dr. Silveira, é, não precisa olhar assim pra mim não, que eu sempre soube que foi você que fez, ou você pensa que eu não vi você bater ele na máquina, hem? Vi, sim. Quando você fez aquele programa pro Dr. Silveira, sabe o quê que eu pensei? Que você ia também fazer um pra você. É. Não se espante não, que é isso mesmo. Mas você não é capaz de nada, sabe? Nem sequer de achar que isto, fez um gesto largo e mostrou o quarto, esta porcaria não é um lugar decente pra gente morar. Ou será que é?

Para mim era. Mas não valia a pena dizer. Márcia fez uma pausa grande. Cada vez mais ruiva, mais baixa, e muito mais gorda.

— Eduardo, você sabe o quê que eu quero? Eu quero uma casa só pra mim, onde eu possa ter o que quiser, da maneira que quiser, onde só eu mande, e onde ninguém se venha meter na minha vida, você entende? Não é uma casa que é só minha no papel, ou será que nem isso você entende, hem?

Talvez fosse verdade o que Márcia estava dizendo. Talvez fosse até justo. Mas para que tudo pudesse ser feito do jeito que ela queria, eu teria que passar a ser o contrário do que era. Um sujeito preocupado em subir na vida, pisando em todos os que estivessem por baixo, puxando saco a todos que estivessem por cima até ser chefe também. Comprando uma briga da qual me tinha livrado há anos. Justo, justo, no dia em que chamei filho da puta um cidadão honorário, sócio do Clube de Diretores Lojistas, dono de uma empresa respeitável, com uma conta bancária respeitável, mas que era ainda mais filho da puta do que eu por não ter nem coragem de me mandar para puta que pariu.

Não. Eu não iria pegar de novo aquele bonde só porque minha mulher, ruiva, baixa, e começando a engordar, achava que eu devia subir na vida, ganhar mais só para alugar outra casa enquanto os pais dela não morressem. Não. Não iria ser ela que me obrigaria a ser a merda de um cidadão respeitável, com uma conta respeitável, cagando merda respeitável numa privada respeitável. Não mesmo.

— Márcia, talvez você não entenda, mas eu não quero ser advogado. Nunca quis.

Foi a vez dela me olhar. Talvez ela também me estivesse vendo pela primeira vez como eu era. Um sujeito insignificante, magro, e já meio careca. O sujeito com o qual ela tinha se casado enganada porque tinha pensado que ele podia ser alguém na vida, e ele não era.

— Olha, Eduardo, você não quer ser advogado, tá certo. É um direito que você tem. Mas eu vou te dizer uma coisa. Se você não quer ser advogado, ou não arrumar um emprego melhor, eu também não quero continuar morando aqui, nem quero voltar a trabalhar outra vez, entendeu? Agora escolhe.

Se jogou na cama por cima da roupa. Horas depois, quando deitei, ela ainda estava acordada. Esperando talvez que eu dissesse alguma coisa. Mas eu não tinha nada para dizer. Eduardo da Cunha Júnior, brasileiro, fodido, sem opção.

25

Márcia não voltou a falar da minha ida na faculdade. Entretanto, apesar de ninguém dizer nada, apesar de aparentemente tudo continuar do mesmo jeito, algumas coisas começaram a mudar. À noite ela já não me esperava mais na porta do jardim, de manhã já não levantava mais junto comigo, e se por acaso eu chegava um pouco mais tarde era D. Arminda que botava a minha comida enquanto ela escutava novela com os pais. Nas tardes de sábado e domingo não sentava mais no meu colo, nem fazia cosquinhas na minha nuca, na varanda. Sentava junto de D. Augusta com um novelo de lã e duas agulhas, aprendendo a tricotar.

Quando me cansava de ficar sentado ia para o quarto. Se adormecia, Márcia não me chamava. Todos jantavam, e no fim era D. Arminda que me acordava, dizendo que a comida já estava quase fria. Eu jantava só, enquanto eles escutavam novelas no rádio.

Dentro daquela casa cada um forçava por conduzir os outros. E quem não conduzia era conduzido. E quem era conduzido, era posto de lado. Seu João, D. Arminda, Wilson, e eu. Cada um pelos seus próprios motivos, mas jogados fora do mesmo jeito. Dentro daquela casa, aquele bonde do qual eu tinha conseguido saltar quando tinha rasgado meu diploma também fazia baldeação. E quando se tratava de mim, até D. Arminda e Seu João se uniam a Márcia e a D. Augusta. Para eles eu era ainda um intruso que precisava ser domesticado até aceitar todas as regras, e jogar o jogo deles.

As únicas vezes que Márcia falava comigo era quando chegavam os dias de. Apesar do seu distanciamento, e do seu silêncio, apesar da união da família contra mim, até Wilson tinha entrado no jogo. Só nos dias de, Márcia não admitia que o acordo fosse quebrado a não ser que ela quisesse. O resto era igual. Mesmo que não tivesse vontade, e cada dia que passava eu tinha menos vontade, ela procedia como sempre. Eu fazia tudo para não me excitar, mas ela, com a mesma calma com que pegava as agulhas do tricô, começava me manipulando até conseguir o que queria.

Às vezes só conseguia se masturbar, segurando meu pau. Mas quando eu relaxava um pouco ela tirava a forra. A merda do meu tesão aparecia, e lá estava ela em cima de mim, me arranhando e gritando como se estivesse sendo exorcismada. Por uma hora ou duas ela voltava a ser aquela Márcia de Paquetá. Não lhe importando o que tivesse que fazer desde que conseguisse o que queria. Entretanto, e talvez até por causa disso, um vazio cada vez maior se abria entre nós. Cumprida a obrigação, eu deitava de costas, acendia um cigarro, e ficava olhando o teto do quarto como quando tinha dez anos. Só que agora, em vez de conversar com ele, amaldiçoava era meu tesão que nunca broxava na hora certa.

Seu João nunca lia jornal. Mas a partir daquele mês passou a comprar o Jornal do Brasil todos os domingos. Quando vínhamos sentar na varanda, em vez do baralho, Seu João trazia o jornal. Sentava, abria os cadernos dos anúncios classificados, e colocava-o bem na minha frente. Ninguém falava, todos só esperando ver minha reação. Mas eu não reagia. Se estava lendo um livro, continuava lendo. Se estava descansando, continuava cochilando. O mais que fazia, às vezes, era escutar a conversa deles. Era sempre D. Augusta que começava.

— Agora, vocês vejam. Tem tanta gente por aí querendo trabalhar sem ter condições, que até é um pecado alguém ter condições, e não querer.

Seu João balançava a cabeça, apoiando.

— Ah, mas pra isso é preciso ser macho, ter vontade mesmo.

Como eu tinha certeza que eles só estavam esperando que dissesse alguma coisa, me calava. A cena se repetiu durante semanas, todos os domingos. Até que uma vez Márcia não trouxe o tricô. Pegou um dos cadernos, e começou lendo em voz alta todos os anúncios que ofereciam empregos a advogados ou chefes de escritório. Como sempre, D. Augusta iniciava a conversa.

— Você vê. Emprego não falta. O que falta é vontade.

Seu João, balançava a cabeça, e suspirava.

— Ah, se eu ainda tivesse condições.

Até D. Arminda entrava no jogo.

— Só mesmo um bobo não pega um emprego desses.

Nos primeiros domingos aquilo me divertiu. Mas um mês depois, minha vontade era levantar dali, mandar todos à merda, e ir embora. Só não fazia porque ainda tinha medo. Porque ainda me lembrava do que tinha passado antes de conhecer Márcia. Podia voltar para a pensão. Mas lá, mesmo com a amizade e o apoio de D. Clarinda, eu tinha medo de regredir.

Por isso, aguentava aquelas leituras, os comentários de D. Augusta, os suspiros de Seu João, e as críticas de D. Arminda. Mas também me vingava. Lia, e fumava em silêncio até que os anúncios acabavam, e eles ficavam olhando uns para os outros sem terem mais o que fazer. Isto durou semanas. Até que Márcia, vendo que a estratégia não pegava, mudou de tática. Em vez de ler, passou a recortar os anúncios, e a deixá-los em todos os lugares da casa onde eu os pudesse ver. Até nos bolsos dos paletós, e no banheiro ela deixava. Com a nova tática, a conversa também mudou. Agora era D. Augusta e Seu João que discutiam a possibilidade de vender a casa, e comprar outra em Caxias junto dos parentes dele. Márcia estava perfeita no papel. Parecia até que nunca me tinha dito que a casa era dela.

— Mas, mamãe, se a senhora vender a casa, pra onde eu vou morar, hem?

— Isso, minha filha, você deve perguntar a seu marido.

Seu João, balançava a cabeça.

— Ele é que é o homem da casa. Ele é que deve saber.

D. Arminda também dizia amém.

— E lá em Caxias é bem melhor do que aqui.

Só Wilson, quando soube, não gostou da ideia. Mas no domingo seguinte já estava concordando. Os estudos das vantagens da venda duraram três ou quatro semanas. Não foram além porque eu continuei calado, só escutando, me divertindo. E também porque eles sabiam que eu sabia que ninguém ia vender merda nenhuma. Primeiro, porque a casa era de Márcia. Segundo, porque tudo aquilo não passava de um estratagema para me obrigar a tomar uma decisão. A única coisa que eu fazia ainda, às vezes, numa última tentativa de salvar tudo era explicar a Márcia que o importante era nosso mundo. Principalmente o mundo que tínhamos dentro de nós, não o outro, o dos cidadãos honorários, e dos sócios do Clube de Diretores Lojistas.

Só que ela nem me escutava. Quando eu começava, saía do quarto, e só voltava quando eu já estava dormindo. Fosse dia de, ou não. Até que um dia, cheio de olhar o monte de merda em que meu mundo se tinha transformado, resolvi ter uma conversa definitiva com ela. Terminado o jantar, fui para o quarto. Como era dia de, Márcia entrou logo depois. Fechei a porta, e meti a chave no bolso.

— Márcia, nós precisamos conversar.

— Chega de conversa, Eduardo.

— Márcia, nós hoje vamos conversar.

— Hoje nós vamos...

— Hoje nós vamos conversar, Márcia.

Ela correu para a porta, mas segurei-a, e sentei na cama.

— Márcia, nós precisamos ter uma conversa.

— Pra quê? Será que você goza conversando? Parece.

— Márcia.

— É isso mesmo.

— Nós precisamos conversar, Márcia.

— Então me diga pra quê.

— Pra quê?

— Sim, pra quê?

— Porque nós precisamos.

Ela me olhou durante alguns momentos, e num gesto brusco deitou de costas na cama. Acendi um cigarro, e sentei do lado dela. Ela continuou imóvel, os olhos fixos no teto.

— Márcia.

Ela não respondeu.

— Márcia. Você tá escutando?

— Fala. Eu escuto com os ouvidos.

Puxei duas tragadas, e comecei.

— O que eu queria dizer a você era o seguinte. Eu já falei a você muitas vezes do que quero da vida, e parece que você nunca entendeu. Mas desta vez nós vamos ter uma conversa séria.

Ela sentou na cama, e me olhou.

— Você já notou que a gente agora só passa a vida conversando?

— Já. Mas desta vez nós vamos definir.

— Tomara.

— O assunto é sério, Márcia.

— Das outras vezes também era.

— Escuta.

— Tou escutando.

— Esse negócio das leituras dos recortes dos jornais, essa história da venda da casa, tudo isso era só para me obrigar a ir na faculdade, certo?

— Você já disse mil vezes que não vai na faculdade, Eduardo. Ou será que você já esqueceu?

— Não. Não esqueci. O que eu ainda não entendi é esse seu interesse na minha ida na faculdade.

— Eu só quero que você arrume um emprego melhor. Mais nada.

— Márcia, eu já disse a você o que quero.

— Eu também.

— E tenho certeza que se você entendesse, a gente ainda podia...

— Eu ir morar naquela pensão? Você tá é doido.

— Eu não disse pra você ir morar na pensão. O que eu quero dizer, aliás já disse muitas vezes, é que o importante é o que a gente é, não o que a gente deve ser. Isso é que é importante, Márcia.

— Você diz isso porque nunca te faltou nada. Você sempre teve tudo que quis.

— E você não?

— Pra cínico você não tem jeito não, Eduardo.

— Vamos ser francos, Márcia. Naquela noite quando seu pai me falou, depois da festinha do diploma, lembra? Ele me disse que quando eu vim aqui a primeira vez, no dia do teu aniversário, lembra? Eu só tinha vindo pra que eles conhecessem o namorado que você tinha arrumado.

— E daí? Isso é ter tudo?

— Márcia.

— Eduardo, você ainda é mais bobo do que eu pensava, minha nossa.

Esmaguei o cigarro no cinzeiro, e acendi outro.

— Sabe, Márcia, o que eu quis dizer a você é que você já tinha determinado casar enquanto eu só tava ainda fazendo meu mundo.

— Seu mundo. Seu mundo. Você só sabe é falar no seu mundo. E o meu? Você já pensou no meu? Hem? Duvido.

— Márcia, seu mundo é o nosso, Márcia.

— Eduardo, deixa de ser bobo, pelo amor de Deus. Meu mundo é meu mundo, e seu mundo é seu mundo. Só um cego é que não vê, a gente nem na cama se entende. Me diga uma coisa. Com tudo isso você tá querendo enganar a quem, hem?

— Enganar? Eu não tou querendo enganar ninguém, Márcia. Eu só tou...

— Você tá nada, Eduardo. Ou você acha que tá certo o que você faz, hem?

— Certo, o quê, Márcia?

— Qual é, Eduardo?

— Sinceramente, não entendi, Márcia.

— Eduardo, você acha que tá certo alguém não querer ganhar mais só porque tem mil minhocas na cabeça?

— Eu não tenho mil minhocas na cabeça, Márcia.

— Ah, não?

— Não. O que eu sou, levei muitos anos pra ser.

Ela riu.

— Sabe de uma coisa, Eduardo? Você quer saber o que eu penso de você? Quer saber mesmo?

— Claro. Nós não tamos conversando?

— É. Você tem razão. Nós só tamos conversando mesmo.

— E não tamos?

— Claro que tamos.

— Então?

— Olha, Eduardo, eu já tou cheia, sabe?

— Cheia de quê, Márcia?

— Destas conversas bestas, de você, de tudo.

Fez uma pausa, e me olhou fixamente.

— Você sabe o que mais me dana em você? É essa sua maneira de ser, assim todo certinho, todo limpinho, todo parecendo feito de espuma de sabão, sabe? Por que eu, sabe? Se me tivessem dito metade das coisas que eu já disse a você desde que tamos casados, você sabe o quê que eu já tinha feito? Já tinha enfiado era seu cacete na minha bunda, e rasgado, entendeu?

— Márcia.

— Você não disse que queria saber? Pois agora vai saber. E é bom que saiba mesmo porque eu já não tou aguentando mais, tá?

— Márcia, você...

— Cala, e agora escuta. Já que você não é homem de meter e rasgar, escuta.

Fez outra pausa, e respirou fundo.

— Você sabe porquê que eu já tinha metido seu dedo, seu cacete, seu sei lá o quê no meu cu, e rasgado, sabe, Eduardo? Porque aí, se fosse você, eu ia ter a certeza que eu ia me sentir muito puta, muito vagabunda, mas ao menos, sabe? Eu também ia saber que tinha um macho do meu lado. Mas você, não. Você é tão certinho, tão arrumadinho, tão lavadinho, tão coitadinho, sabe? Tão certinho, que nem nunca te vi tocar uma punheta sozinho. É, Eduardo. Esse tal do seu mundo é tão infeliz, tão faz de conta, que até parece que você tem vergonha do pau que tem entre as pernas. Quer ver? Se você não fosse a merda do homem que é, agora, neste instante, em vez de deixar eu continuar, você já tinha enfiado era seu pau na minha boca, e me obrigado a engolir tudo que eu disse. Mas você não é homem não, Eduardo.

— Márcia.

— É isso mesmo. Você pensa que é homem, mas eu é que sei quem você é. Um infeliz de um tesão de peruca, que se a gente tira a mão, ou a boca, logo some.

— Márcia, nos agredindo assim, a gente não vai chegar a lugar nenhum.

— Nos agredindo? E quem disse que nós tamos nos agredindo? Eu é que tou te agredindo, e você nem reage. E além do mais, quer saber uma coisa? Eu já não tou interessada em chegar a lugar nenhum, sabe? Não tou mesmo. A merda fede tanto, que até pra chegar aqui na cama sou eu que tenho que puxar você, senão você nem vem, tá?

— Márcia.

— Fale. Diga também alguma coisa. Ou você não tem nada pra dizer de mim? Será que você nunca sente nada? Será que você é só merda mesmo? Hem? Fale.

— Márcia, o que eu queria...

— Era falar do seu mundo, eu sei. Pois bem, falemos então do tal do seu mundo. Me diga uma coisa, Eduardo. O que esse tal do seu mundo tem pra me dar, hem? Por acaso já alguma vez ganhei alguma coisa que eu mesma não tivesse de arrancar à força desse seu mundinho de merda, hem? Eduardo, você é um sujeito tão idiota, mas tão idiota mesmo, que se eu não te conhecesse diria que você é um cínico, sabe? Mas, pra dizer a verdade, nem pra isso você tem jeito. Ou coragem, sei lá. Uma vez você disse que tinha tido vontade de me bater. Você lembra? E eu te pergunto. Por quê que não bateu?

Porquê, Eduardo? Só porque nesse tal do seu mundo um homem não bate em mulher, é? Qual é, Eduardo? No mundo mesmo, no mundo de verdade, um homem que é homem faz o que acha que deve, e tá se cagando e andando no que os outros tão pensando. E muito menos no que pode pensar a mulherzinha dele, coitadinha, quando ela quer é ser fodida, rasgada, enrabada, eu sei lá o quê, em vez de fazer acordos de dia sim, dia não, só pra não machucar o pauzinho dele, coitadinho. Quer bater, bata, mas faça o que deve. Seja homem, seja macho. Pegue em mim, levante minha bunda, e enfie seu pau. É, Eduardo, você pensa que eu não gosto que enfiem? Gosto sim. Só você é que ainda não entendeu isso, aí todo metidinho nesse tal do seu mundinho, ah, meu Deus o quê que irão dizer, isso é pecado, eu sei lá o quê. Quer saber uma coisa, Eduardo? Vá à merda, você, seu mundo, suas ideias de não ser nada, seu tesão de dia sim, dia não, toda essa sua palhaçada, tá? Que no fundo, no fundo, você só inventou, como eu inventei a compra da minha casa. Igual, igual. Só pra pose.

— Então você me...

— É, eu enganei você, sim. Ou você pensa que eu aprendi a trepar onde, hem? Esta casa é minha, sim, seu bocó. Mas foi abrindo as pernas que a ganhei, entendeu? Lembra do Dr. Stanley? Pois foi ele que...

— Márcia, você não precisava me dizer i...

— Eu sei que não precisava. Aliás você é o tipo do sujeito que não gosta de saber, eu sei. Mas sabe uma coisa? Eu já tou é de saco cheio de tudo, entendeu? Até de ter dia marcado pra trepar, tá bom?

Fez uma pausa, e puxou outra tragada.

— E você? Não diz nada?

— Tá certo, Márcia.

— Tá certo. Tá certo. É só isso que você tem pra me dizer, Eduardo? Nem agora você vai dizer o que pensa? Que eu sou uma puta, que...

Me olhou fixamente, o rosto duro, contraído.

— Eduardo, o quê que você quer afinal, hem?

— Paz, Márcia.

— Só? Pois arrume um emprego melhor, que atrás de paz eu também ando desde que casei. De paz, e de pica. Boa-noite.

Se despiu, deitou, e apagou a luz. Me encostei na janela olhando a rua, pensando. Pela primeira vez alguém me dizia o que eu era realmente. Um saco de merda que nem sequer fedia. Eduardo da Cunha Júnior, brasileiro, nascido bobo.

26

Vinte de outubro de 1965. Exatamente um ano, dois meses e quatorze dias depois do casamento, Márcia e eu nos desquitamos.

27

No dia seis de agosto D. Augusta deu uma festa para comemorar o primeiro aniversário do nosso casamento. Convidou os parentes dela, e alguns de Seu João. D. Arminda fez o almoço, e D. Augusta se encarregou do bolo, e dos licores. Márcia e eu sorrimos o tempo todo para todo mundo. De tarde, a pedido de D. Augusta fomos para o jardim tirar fotografias. Márcia sentada no meu colo, eu sentado no colo dela; ambos em pé, ambos segurando a mesma rosa, de mãos dadas, abraçados, eu beijando Márcia, Márcia me beijando, de todo jeito. Foram trinta e seis poses, todas mostrando aos parentes a nossa felicidade.

À noite, Márcia ficou na sala até que o último convidado saiu. Eu não aguentei. Às dez horas fui para o quarto. Deitei vestido na cama, e acendi um cigarro. Pouco antes das onze, Márcia entrou.

— Puxa, que alívio.

Foi no banheiro. Quando voltou, eu já estava em pé, esperando.

— Márcia, eu preciso falar com você.

— Outra vez, Eduardo?

— Hoje nós vamos resolver.

— Você já disse isso quantas vezes, hem?

Acendi um cigarro, e puxei uma tragada profunda.

— No outro dia nós conversamos sobre o que ambos queríamos da vida, lembra?

Ela não respondeu.

— Lembra, ou não lembra?

— Não. Não lembro não.

— Não lembra? Como...

— Eduardo, no outro dia eu disse a você o que pensava de você. Só isso. Agora, se você falou o resto com alguém, não foi comigo.

— Márcia.

Ela me olhou, e abanou a cabeça devagar.

— Já tou até aqui de conversa fiada, tá bom?

— Desta vez não é conversa fiada. Desta vez eu acho que encontrei a solução.

— Você acha, Eduardo. Você sempre acha, já pensou?

— Desta vez tenho certeza, Márcia.

— E depende de quê? Do meu mundo, ou do seu?

— Sabe, Márcia, eu acho que o homem que você precisa não sou eu.

— Grande descoberta você fez, Eduardo.

— Márcia, assim...

— Eu sei. Eu sei. Nós não vamos chegar a lugar nenhum. Desculpe.

Fiz uma pausa, escolhendo bem as palavras que ia dizer.

— Márcia, o que eu queria dizer a você, era que...

Puxei outra tragada.

— Quer dizer...

— Quer dizer o quê, Eduardo?

— Quer dizer que sendo você uma moça inteligente e bonita como você é...

Ela riu.

— Precisa dizer mais alguma coisa, Eduardo?

— Que coisa, Márcia?

— Eduardo, será que até numa hora destas você foge?

— Eu fujo? Fujo de quê, Márcia?

— De quê? Será que você não sabe mesmo de quê não, Eduardo?

— Não.

Márcia me olhou fixamente, e abanou a cabeça.

— Me diz uma coisa, Eduardo. Você acha que ainda vale a pena mentir?

— Eu não tou mentindo, Márcia.

— Não. Só que não tá dizendo a verdade.

— Márcia.

— Eduardo, quem puxou esta conversa foi você, não fui eu, não. Então por quê que você não vai direto no assunto em vez de ficar aí rodeando, rodeando...

— Eu não tou rodeando, Márcia.

— Então por quê que não diz logo qual foi a solução que você acha que achou, hem?

— Bem...

— Tá vendo? E depois você diz que sou eu que não gosto de conversar. Mas eu vou dizer pra você qual é a solução que você acha que achou, tá?

Não respondi. Minha garganta deu um nó, e apertou. Márcia riu.

— A solução que você acha que achou, Eduardo, tá na cara. Só que você não tem nem coragem pra dizer.

— Márcia...

— Quer ver? A sua solução não era a gente se separar? Hem?

Não respondi, minha garganta apertando cada vez mais.

— Era ou não era, Eduardo?

Continuei calado, o nó quase não me deixando respirar.

— Viu como você é? Você diz que achou a solução, mas na hora de dizer...

Fez uma pausa, e me olhou.

— Sabe que mais, já que você sabe mas não diz, quem vai dizer sou, tá? A gente não vai se separar, não, Eduardo. A gente vai é se desquitar. Desquitar, entendeu? Que era isso que você queria mas não tinha peito pra dizer. Era ou não era? Hem?

Joguei o cigarro pela janela, e acendi outro, ainda mal podendo falar.

— Era.

— E precisava esse mistério todo, Eduardo? Meu Deus do céu, Eduardo, você nunca me conheceu mesmo, sabe? Mas fique tranquilo. Amanhã mesmo nós vamos começar a tratar de tudo, ok?

Respirei fundo, e o nó começou deslaçando na garganta.

— E sua mãe?

— Mamãe? Eduardo, não é mamãe que vai se desquitar. Somos nós. E agora deixa eu dormir que tou morrendo de sono, tá? Boa-noite.

Se despiu com toda calma, apagou a luz, e deitou. Eu fiquei na janela, fumando. Realmente Márcia estava certa. De uma forma ou de outra eu não tinha feito outra coisa na vida a não ser fugir. A maior parte das vezes sem saber até de quê ou porquê. Mas o fato é que fugia. Desde menino. Dos meus irmãos, da minha mãe, dos meus colegas, de tudo. Sempre fugi. Raros foram os momentos em que fiquei. E a maioria deles, se fiquei, fui obrigado.

Fiquei só por não ter outra saída. A quem não me conhecesse, eu sei que podia até dar uma impressão de segurança. Mas Márcia me conhecia. Era uma merda, realmente era uma merda, mas agora já era tarde para mudar. Márcia, mesmo que eu tivesse condições não acreditaria mais em mim. Para ela eu era o que era. Um sujeito que tinha pavor de se abrir, e de se entregar fosse ao que fosse.

No dia seguinte, durante o jantar, Márcia falou com todos. D. Augusta passou mal, D. Arminda teve que a levar para a cama, e Seu João nos olhou assombrado. Mas mesmo assim Márcia disse tudo que tinha para dizer. Pouco depois D. Arminda voltou dizendo que D. Augusta não estava bem, que queria morrer de tanta vergonha. Seu João, que até ali ainda não tinha dito nada, aproveitou a volta de D. Arminda para dizer.

— Vocês ainda vão matar vossa mãe.

Márcia riu.

— Papai, mamãe não vai morrer coisa nenhuma, e o senhor sabe muito bem disso. E além do mais nós não somos o primeiro casal que se desquita.

Seu João ainda tentou dizer que aquilo era um absurdo, e que uma coisa daquelas nunca tinha acontecido na família dele, e que ele...

Márcia explodiu.

— Papai, deixa de babaquice. Nunca aconteceu porque o senhor nunca teve peito, tá?

Ninguém disse mais nada. No dia seguinte juntei minhas coisas, e voltei para a pensão. D. Clarinda nem soube o que dizer. Entrei na sala, ela veio correndo, me abraçou, chorou, mandou guardar as malas, e só depois perguntou por Márcia.

— Nós vamos nos desquitar, D. Clarinda.

Ela me perguntou se era vontade minha. Eu disse que era fato consumado.

— É, Dr. Eduardo, quando um não quer, dois não brigam, lá diz o ditado.

Na primeira noite dormi num quarto do primeiro andar. No dia seguinte D. Clarinda arrumou meu antigo quarto.

— Pensei que o senhor gostasse mais, Dr. Eduardo.

— Gostei, sim, D. Clarinda, muito obrigado.

Nosso desquite foi homologado três meses depois. Ninguém da família de Márcia nos acompanhou. Nos desquitamos amigavelmente na Sexta Vara de Família. Na saída, paramos na calçada, calados, olhando um para o outro. Parecendo só esperar que alguma coisa acontecesse. Ficamos assim alguns minutos até que Márcia disse.

— Então...

Acendi um cigarro, e comecei pensando no que poderia dizer. Não que tivesse muita coisa para falar. Mas fosse o que fosse, aquela seria provavelmente nossa última conversa. Por isso, teria que ser alguma coisa profunda. Alguma coisa que marcasse bem aquele instante. Alguma coisa que Márcia não esquecesse facilmente. Só que o que lhe disse, apesar de tudo que estava pensando, foi apenas.

— E agora? Você vai pra onde?

— Pra casa.

— Sua mãe não...

Márcia encolheu os ombros.

— Mamãe, é mamãe, e eu sou eu.

Acendi um cigarro, e Márcia estendeu a mão.

— Felicidades pra você.

Começou descendo a avenida, e quando chegou na esquina não se voltou. Continuou andando, e desapareceu. Nunca mais a vi.

28

A maior merda é quando a gente não diz toda verdade. Na realidade, aquele Felicidades pra você pesou muito mais do que eu pensava. A sensação que tive foi a mesma de quem já teve uma coisa, depois a perdeu, e o vazio que ficou, ficou dobrado. Porque antes não sabia o que era ter, e agora sabia. O vazio que tinha existido, a presença de Márcia o tinha preenchido. Mas agora que ela se tinha ido de vez, era só isto. Não havia mais nada a não ser eu. A merda de um Eduardo da Cunha Júnior, brasileiro, desquitado, e só.

29

Aí, aconteceu Iracema. Não. Iracema não aconteceu. Eu é que estava na merda, ali na calçada da Avenida Presidente Antônio Carlos, outra vez só. Por isso, Iracema aconteceu. Podia ter sido Iracema, Maria, Teresa, Lúcia ou Ana Lúcia, qualquer uma. Mas foi Iracema. Pegou minha mão, e me levou. Me trouxe.

Talvez não fosse a Iracema certa, talvez até nem fosse o lugar certo, mas era a hora certa. Eu estava ali, só, cagado de medo, a garganta doendo, os culhões sumindo no saco, e Iracema, que podia ser Maria, Teresa, Lúcia ou Ana Lúcia, qualquer uma, passou, parou, e me levou. Me trouxe.

E isso é que foi importante, ali naquela calçada da Avenida Presidente Antônio Carlos, quase esquina da Avenida Erasmo Braga, naquela quarta-feira, às quatro horas da tarde.

Mas a merda é que só se sabe das coisas depois que elas acontecem. Antes, pensamos, julgamos, imaginamos, chegamos até a inventar. Mas só depois que as coisas acontecem é que sabemos.

Só que aí já não tem mais jeito. Aí, já não se pode mais recuar, voltar atrás. O tempo já passou, e agora só se pode é fazer de conta. Dr. Eduardo da Cunha Júnior, brasileiro, pai de filho, executivo bem-sucedido.

A foda é essa, doutor.